KB073856

체리
향기

체리 향기

Taste of Cherry

전기현 단편선

좋은땅

차례

서문(序文)

이 단편집에 수록된 단편들 모두가 창작물이며, 단편에 등장하는 인물과 사건들은 모두 창작에 기초한 것이므로, 실제 인물이나 실제 일어났던 사건과는 어떠한 관련도 없음을 미리 알려 드립니다. 다만 단편 〈모리츠 슐리크는 여전히 살아 있다〉에 등장하는 그리고리 페렐만이나 앙리 푸앵카레와 같은 수학자들은 현재 실존하고 있거나 과거에 실존했던 인물임을 밝혀 드립니다.

종교적으로 분류하자면 저는 불가지론자(不可知論者)에 더 가깝습니다. 그러나 만약 하나의 창조자(神)가 있어 하나의 존재를 만들었다면 분명히 하나의 목적이 있었으리라고 생각합니다. 그래서 저 또한 하나의 작품을 구상하고 그 작품을 글로 옮겨 쓰고 하나의 책으로 나올 때에, 창조자의 기쁨을 느낍니다. 독자 여러분들도 그 기쁨을 함께 느끼시기를 바라는 마음입니다.

큰 병에 스스로 절망하고 낙담한 시기에도, 친구의 보잘것없는 영혼을 지켜 준 이인제 바오로 신부. 비록 멀리서

나마 늘 걱정해 주고 염려해 주는 나의 오랜 친구 서중철.
그리고 사랑하는 나의 어머니께 이 책을 바칩니다.

찬주

어렸을 적, 우리는 아직 지어지고 있던 운동장에서 공을 차곤 했다. '축구를 했다'라고 말하기에는 우리의 숫자가 너무 적었다. 대략 네 명이나 다섯 명 정도 모여서 공을 차다가 골을 넣은 사람이 키퍼를 보고, 그 다음에 골을 넣은 사람이 키퍼를 보고, 뭐 그런 식이었다.

운동장은 완공된 것이 아니라서 골대 뒤에는 아무것도 없었다. 그렇기에 누군가 골대를 넘기는 홈런을 차거나 골대 옆으로 어이없게 슛이 빗나가는 경우, 그 공이 언덕배기 아래로 굴러가는 것을 막아 줄 아무런 구조물도 존재하지 않는 상황이었다.

"찬주~"

"야. 빨리 빨리~ 찬주. 찬주."

찬주는 사람 이름도 아니었고 '단결'이나 '충성' 같은 군대의 경례구호도 아니었다. 찬주는 그저 "찬 놈이 주워 와라. (사투리로는 찬 놈이 주서온나)"를 짧게 줄인 말이었다.

찬주가 과연 우리들의 축구 실력을 높이는 데 기여했는지 아닌지는 모르겠지만, 우리들은 "찬주"가 당연하다고 생각했다. 단지 골키퍼란 이유만으로 빗나간 공을 줍기 위해 헉헉 달려가서, 애초에 공을 잘못 찬 놈한테 다시 건네주는 짓은 어린 우리들이 생각해도 무언가 부당한 일로 여겨졌다.

하지만 요즘 사회를 가만히 지켜보면 어린 아이들도 당연하다고 여기는 "찬주"가 보이지 않는다. 차는 놈 따로 있고, 줍는 놈 따로 있다. 차는 놈은 그저 태어날 때부터 죽을 때까지 신나게 차는 재미로 살고, 줍는 놈은 속에서 천불이 나도 태어날 때부터 죽을 때까지 달려가서 주워 오는 역할만 하다가 죽는다.

그래서 나는 적어도 내 작품에서만큼은 "찬주"를 추구하고 싶다. 성경에서도 뿌린 자가 거두리라, 그렇게 말하지 않는가? 불교에서도 전생에 선한 덕을 많이 쌓으면 현생에서 좋은 곳에 태어나고, 전생에 나쁜 업을 많이 쌓으면 현생에서 시궁창에 태어난다는 것과 같은 이치가 아닌가?

내가 차지 않은 공은 굳이 내가 주우러 가지 않아도 된다. 하지만 내가 찬 공은 내가 주우러 가는 것이 맞다. 나보다 더 약한 놈한테, 나보다 더 어벙한 놈한테, 공을 주워 오라고 시킬 수도 있지만 그것은 "찬주"가 아니다. 그것은 또 다른 이름의 폭력이며 학교폭력의 시작이다. 학교폭력은 모든 폭력의 시작점이다.

 조금 더 나아가 보자. "찬주"가 확실하려면 공을 찰 때 그 슛이 빗나갈지라도, 내가 죽어라 달려가서 언덕배기 아래로 굴러간 공을 어떻게든 주워 오겠다는 마음가짐이 있어야 한다. 그래서 "찬주"가 마음에 새겨져 있으면 대충 찰 수가 없다. 비록 골키퍼한테 막히는 한이 있더라도, 골대 안을 겨냥하고 제대로 차야 된다.

 글을 쓸 때 다른 유명작가들은 무슨 마음으로 쓰는지 나는 전혀 모른다. 이미 엄청난 작품들을 발간해서 경제적인 여유가 있고 팬덤이 두터운 작가들은 "에이, 내가 대충 차도 알아서 나의 충성스런 팬들이 잘 주워 가져오겠지"라고 생각하는지 아닌지, 무명작가인 나는 알지 못한다.

하지만 나는 첫 작품부터 지금에 이르기까지 "찬주"를 마음에서 놓은 적이 없다. 두 페이지짜리 짧은 단편 한 작품을 쓰더라도 "찬주"를 항상 마음에 새기고 쓴다. 물론 슛이 시원하게 들어가면 좋지만, 그 슛이 안 들어가면 언덕배기 밑으로 숨을 헐떡이며 뛰어가야 하는 존재는 '다른 누군가'가 아닌 바로 '나'이기 때문이다.

이 책은 음반에 비유하면 전기현 3집이다. 〈찬주〉는 전기현 3집 전체로 볼 때 1번 트랙에 해당한다. 어떤 음악가는 타이틀 트랙을 앞쪽에 배치하고, 어떤 음악가는 타이틀 트랙을 중간이나 뒤쪽에 배치한다. 한 음악가나 그룹이 오랫동안 활동하는 경우에는 두 가지 전략을 모두 보여 주기도 한다. 에어 서플라이는 1980년에 발매한 5집 〈Lost in Love〉에서는 1번 트랙에 타이틀곡을 배치했다. 하지만 1993년에 발매한 12집 〈The Vanishing Race〉에서는 국내에도 잘 알려진 명곡 〈Goodbye〉를 5번 트랙에, 〈The Vanishing Race〉을 6번 트랙에 배치했다.

전기현 2집은 트랙의 배치순서가 좋지 않았다는 의견이 많았다. 전기현 1집이 틀어만 놓으면 stop 버튼이나 pause 버튼을 누르지 않아도 물 흐르듯 잘 흘러가는 음반이었다면, 전기현 2집은 첫 번째 트랙에서 pause 버튼을 누르게 되었다는 평가가 내 마음을 아프게 찔렀다.

물론 1번 트랙을 맨 뒤로 돌렸다면 독자들이 읽기 더 수월했을 것이라는 점은 공감한다. 그러나 전기현 2집의 모든 단편들이 흡입력 있게 잘 쓰여졌다면, 독자들이 1번 트랙이든 몇번 트랙이든 중간에 stop 버튼이나 pause 버튼을 누르지 않아도 자연스럽게 읽을 수 있었을 것이다.

언젠가 나도 에어 서플라이처럼 베스트 앨범을 낼 만큼, 좋은 단편들을 쓰고 싶다. 사람들에게 영감을 불어넣어주고 기운을 불어넣어줄 수 있는 작품들을 만들고 싶다. 그러기에 나는 이번 앨범의 모든 트랙을 "찬주"로 채우고자 한다. 아무도 남이 찬 공을 대신 주워 오지 않으려는 것처럼, 누구더러 대신 숨을 쉬어 달라거나 누구더러 대신 오줌을 누어 달라고 할 수도 없다. 그것이 바로 내가 아는 "찬주"이다.

숙직실

"전 주임님. 박스는 어데다가 놓으면 됩니꺼?"

"그건 뭐냐, 상헌아."

"모릅니더. 의정계장님이 자료실에 갖다 놓으라 카시던데예."

"자꾸 가져다놓기만 하면 어쩌라는 거야. 여기가 의회 자료실이지, 창고도 아닌데."

"아무튼 이거, 무거버 죽겠습니더. 그냥 창문 옆에 놓으까예?"

"저기 안 쓰는 컴퓨터 뒤에 놓고 가. 사무처장님 벌써 퇴근하셨지?"

"오늘은 사무처장님, 의회 건물에서 한 번도 못 봤심더. 하메 해 질라 카는데, 설마 아직까지 여어 계시겠습니꺼."

"얼른 퇴근해. 오늘 밤에 비 많이 온다더라. 참, 계속 아프던 사랑니 어제 뽑으러 갔다더니만, 이제는 좀 괜찮아?"

"와아. 뺄 때는 마취를 했는데도 온몸에 신경이 찌릿찌릿 하데예. 어제 뽑아쓰이 쪼매 있으몬 낫겠지예. 전 주임님은 언제 퇴근하십니꺼?"

"숙직이야. 좀 이따 숙직실로 가서 거기에 계속 있든지, 아니면 나는 여기 자료실에 있겠다고 거기 써 놓고 오든 지 해야 될 것 같다."

"어? 당직표에는 오늘 김 주임님이라고 쓰여 있던데예?"

"성혜는 집에서 기다리는 아기들이 있어. 성혜만 그런 게 아니라, 어린 아기 키우는 엄마들은 전부 나하고 숙직을 바꿔. 나중에 당직수당 나올 때 밥값 쪼끔 얹어서 주든지 뭐 그렇게 한다."

"위에서는 알고 있습니꺼?"

"알면 어쩌고 모르면 어쩌게. 당직만 서면, 누가 서도 되는 건데. 이 시골 군청에 뭐 털어 갈 게 있다고 한밤중에 무장한 도둑놈이 오겠냐."

"전 주임님은 진짜 듣던 대로시네예."

"그건 무슨 소리야."

"욕심도 없고 매냥 웃는 듯 마는 듯 조용하이 지내시믄서, 손해나 이익 같은 거는 신경 안 쓰고 사신다고. 군청 사람들이나 의회 사람들도, 전 주임님은 해탈한 부처라 칸다 아입니꺼."

"원래 이거저거 하나하나 따지고 살면 싸움밖에 안 나는 거야. 싸움이라는 건 그게 뭐든 간에, 한참 지난 후에는 다 시시한 거라고."

"그래도 사람이니까 누구라도 밤에는 집에서 쉬고 싶을 낀데예."

"상헌아."

"예."

"너 여자친구 있다 그랬지?"

"있습니더."

"걔한테 생일선물이나 기념선물 사 주거나, 아니면 맛있는 식당에서 밥 같이 먹거나 할 때, 돈 아깝다는 생각 들어?"

"아니예. 지는 가가 좋아서 해 주는 긴데 아깝기는예."

"똑같은 거야. 내가 아깝다 손해 본다 생각하면 이렇게 못하지. 그리고 어차피 누군가 해야 될 일이라면, 다른 사람한테 미루기보다 내 스스로 하는 편이 낫고. 성혜도 아기들한테 밥 먹여 주고 집에서 조금이라도 엄마 노릇 해야 될 판에 숙직은 무슨 숙직이냐. 내가 해탈한 부처라서가 아니라, 그저 아기들은 엄마 품 안에 있어야 되는 거야. 세상이 어찌 돌아가든 간에."

"솔직히 그거까지는 지도 잘 모르겠습니더. 박스는 저 큰 컴퓨터 뒤에 들라 났으이 인자 고마 퇴근할랍니더."

"자, 이거."

"우산은 와예?"

"너희 집 여기서 한참 먼데, 버스에서 내릴 때쯤엔 틀림없이 비 올 거야. 괜히 비 맞으면서 청승맞게 들어가지 말고, 이거 갖고 가라."

"이거로 저 주시면, 전 주임님은예?"

"나야 여기서 밤새야 되는데 우산이 무슨 필요 있겠어."

"전 주임님 그래 웃으실 때 보마, 무슨 세상 다 사신 분 같습니더."

"됐어. 얼른 퇴근해라. 내일 보자."

군청 건물과 군 의회 건물은 거의 붙어 있다. 구름다리 하나만 건너면 이 건물에서 저 건물이다. 군청 지하 숙직실에 들어가 문 앞의 비상연락처를 내 것으로 바꿔 달고, 잠깐 눈을 붙일까 아니면 의회 자료실로 돌아갈까 하다가 결국 담요 한 장을 꺼낸다.

막스 에어만은 그의 시 〈Desiderata〉에서 말했다. 평화는 침묵 속에 존재할 수 있다는 것을 기억하라고. 삶의 시끄러운 복잡함 속에서 당신의 영혼을 평화롭게 지키라고. 그리고 이 모든 허위와 고난과 부러진 꿈들 가운데서도 세상은 여전히 아름답다고. (With all its sham, drudgery, and broken dreams, it is still a beautiful world.)

식물도 한해살이가 있고 여러해살이가 있다. 인간은 아마 여러해살이 동물이라고 불러야겠지. 한해살이 식물은 대개의 경우 겨울을 넘기지 못한다. 봄에 싹이 나서 꽃을 피우고 여름에 자라 가을에 열매를 맺지만, 겨울이 오면 그 모든 것이 시들어 버린다.

인간도 자신만의 겨울을 넘기지 못하는 경우가 있다. 하지만 어느 누구도 한해살이 동물이나 한해살이 식물을 비난할 권리나 자격은 없다. 또한 여러 해를 산다고 자랑할 것도 못 된다. 보리와 완두는 추운 겨울을 이겨 내지만 결국 일생에 한 번, 봄에 열매를 맺고 나서 여느 한해살이 식물처럼 그렇게 시들어 간다.

모든 나무가 마냥 푸른 상록수일 수는 없어. 아예 나무를 형성하지 못하는 초본식물이 어쩌면 훨씬 더 많을지도 몰라. 그리고 식물도 동물처럼 찌르면 아파하는 존재이지만, 우리가 식물이 아파하는 모습을 보거나 식물이 아파하는 소리를 듣지 못하기 때문에 "식물은 전혀 아픔을 느끼지 않는 존재로구나."라고 지레짐작하는 것일 뿐.

추워서 히터를 키려고 몸을 움직이니, 바깥에 사람 형체가 보인다. 다들 이미 퇴근해서 집에 도착하고도 남았을 시간인데 누구지.

"전 주임, 오늘 숙직인가 보네."

"황 기자님. 벌써 밤이 꽤나 늦었는데 여기서 뭐하십니까."

"뭐하긴. 전 주임이랑 바둑 한 판 두려고 왔지."

"자료실에서 불 끄고 나올 때 보니까, 의회 출입기자실 문이 잠겨 있어서 황 기자님도 퇴근하신 줄 알았습니다. 왜 댁에 안 들어가시고."

"마누라하고는 대판 싸웠어. 우리 집은 부부싸움 하면 마누라가 친정에 가는 게 아니라, 남편이 밖으로 나간다네."

"그렇다고 댁에 계속 안 들어가시면 뭐가 해결됩니까."

"시간이 해결하는 거지. 권 계장이 숙직이었으면 술이나 같이 진탕 마셨을 텐데, 전 주임이라 술도 같이 못 마시고 말이야."

"원래 오늘 김 주임 숙직인데, 제가 얼른 들어가서 애들 밥 먹이라고 보냈습니다. 이렇든 저렇든 황 기자님 오늘 운세는 꽝이네요."

"땡~ 내 인생 운세 전체가 꽝일세, 이 사람아."

"너무 자책하지 마세요. 형수님도 비 오는데 자기 남편이 밖에서 청승맞게 돌아다니는 거 알면 싫어하실 거예요."

"그 사람은 황용식이라는 존재 자체를 싫어해. 남들은 그 나이에 얼마를 벌어다주고 어느 위치까지 가 있는데, 나란 놈은 그 반의 반조차도 못 채워 주는 빙충이라 자기 인생이 서럽다고 펑펑 우는 여자야."

"편집국장도 아니고 그냥 도민일보 평기자로 지내기에는 황 기자님 재능이 너무 아깝잖아요. 게다가 낭만도 있고 유머도 있고, 군청이나 의회 사람들 전부 다 좋아하는 분이신데."

"낭만이나 유머는 그 여자한테 아무 쓰잘데기없는 거야. 그리고 여기 의회는 어쨌든 이런 시골에서 뉴스거리가 만들어지는 몇 안 되는 곳이라서 할 수 없이 내가 붙어 있는 거고."

"클래식기타로 〈로망스〉를 악보 없이 멋있게 연주할 수 있는 사람은 가슴에 낭만이 있는 겁니다. 제가 아는 사람 중에 낡은 기타 하나로 그렇게 멋있는 연주를 할 수 있는 사람은 황 기자님뿐이에요."

"그런 건 대학 시절에나 먹힐 법한 얘기야. 전 주임, 사람은 나이를 먹는다고. 나이를 먹는 속도를 따라가지 못하는 나 같은 놈은 여편네한테 눈물밖에 줄 수 있는 게 없어."

"부부지간의 이야기는 제가 모르지만, 형수님도 뭔가 안타까워서 그러시는 거 아니겠습니까."

"안타깝기는 자네만 하려고. 쇠꼬챙이처럼 말라서 그렇지, 키도 크고 훤칠한 사람이 성격도 좋은데 왜 여자를 안 만나나."

"저도 황 기자님처럼 세상이 변해 가는 속도를 따라가지 못하는 놈이라서 그런가 봅니다."

"동쪽에 병든 아이가 있으면 가서 간호를 해 주고. 서쪽에 지친 어머니가 있으면 가서 볏단을 대신 져 주고."

"남쪽에 죽어 가는 사람이 있으면 가서 두려워 말라 달래고."

"그게 바로 자네라고. 〈은하철도999〉 때문에 알게 된 시인가?"

"아니요. 미야자와 겐지(宮沢賢治)라는 사람의 깨끗했던 삶을 닮고 싶고, 그 사람이 지은 시나 작품들을 워낙 좋아해서요."

"왜 그렇게 바보처럼 사람들 하라는 대로만 하고 살아? 계속 그러다가 잘못 되면 결국에는 나처럼 된다고. 늘그막에 마누라나 애들 눈치나 보면서 세상 한탄만 하다 죽는 인생 서글퍼."

"인생 원래 슬픈 거 아닙니까."

"그러니 젊은 친구가 부처님 소리나 듣지, 이 사람아. 문화센터에서 한참 더 지낼 수 있었는데 여기 의회 사무처로 온 것도 빌어먹을 최가 놈이 밀어낸 거 아니야? 급살맞아 죽을 새끼. 분명 천벌받을 거야."

"구업(口業)을 지으면 극락왕생 못 합니다. 황 기자님."

"자네는 보살이니까 얼마든지 극락이나 천당에 가게. 나는 죽었다 깨어나도 자네처럼은 못 하겠네. 직업이 직업이라 그런지 내 귀가 커 들은 바가 있는데, 대학 때는 프랑스로 유학까지 갔다면서? 왜 이런 촌구석에서 출세에 도움도 안 되는 일만 골라서 하고 다녀?"

"…"

"하긴. 자네도 나름대로 생각이 있겠지. 그 사람 시처럼, 비에도 지지 않고 바람에도 지지 않고, 모두에게 얼간이라 불리고 칭찬받지도 못하지만 근심거리도 되지 않는. 아마도 그런 존재가 되고 싶어서 이 촌구석으로 왔을 테니까."

"뭐 꼭 그렇지는 않지만, 얼추 비슷합니다."

"담요를 꺼낸 걸 보니, 밤새 여기서 지낼 모양이네. 의회 자료실에 있는 그 넓은 테이블을 놔두고 왜 굳이 좁은 숙직실 소파에서?"

"잠시 졸려서 눈 좀 붙였습니다. 어차피 비상연락처는 제 것으로 끼워 뒀으니, 황 기자님께서 여기서 주무시려면 저는 자료실에 가 있어도 상관없습니다."

"에이, 무슨 소리야. 권 계장처럼 술 같이 마실 사람 있으면, 몇 잔 하다가 신문사로 가려고 했지. 내가 군청 공무

원도 아닌데 여기 숙직실에 왜 자리 깔고 눕겠나?"

"주제 넘는 소리처럼 들리겠지만, 형수님도 내심 기다리고 계실 텐데 그냥 택시 타고 집으로 들어가세요. 어차피 화해하실 거라면 빨리 하시는 편이 낫지 않습니까."

"전 주임, 자네는 부부생활을 안 해 봐서 이해 못 해. 아까도 말했듯이 시간이 흘러야 해결되는 문제들은 시간이 흘러야 되는 거야. 자존심이나 그런 차원의 얘기가 아니라고."

"부부 사이는 그렇다 쳐도, 아이들은 안 보고 싶으세요?"

"애들도 대놓고 말은 안 하지만 나를 비웃어. 자기 친구네 집 아버지들하고 비교하면 그럴 수밖에. 여기 혹시 버너 같은 거 있나? 오뎅이라도 사 와서 술안주로 데워 먹으려는데."

사람은 스스로를 파멸로 이끄는 강력한 힘을 갖고 있다. 황 기자님은 고통을 잊고자 술에 의존한 나머지, 자신의 운명에 반항하는 능력마저 잃어버린 것이 아닐까 생각했다. 너무나 많은 실망감, 수모, 좌절, 불평등한 대우를 겪어 왔고, 그로 인한 오랜 고통 때문에 부쩍 여윈 얼굴에서, 고립되어 있는 한 가장의 모습을 본다.

모든 보답에 대한 잔인한 거부. 근면하게 일했고, 누구보다 희생적이었고, 낭만적으로 사랑했고, 밥을 먹었고, 옷을 입혔고, 자녀들을 학교에 보냈지만, 이제 머지않아 그 자신의 겨울이 시작되려는 나이에 낡은 숙직실에서 버너로 술안주를 데워야 하는 상황에 처하다니. 이런 것이 황 기자님이 말씀하시는 '인생'이라면 나는 차라리 그것을 거절하겠다.

부부싸움을 마치 월례행사처럼 하고 늘 바깥으로 쫓겨다니지만, 황 기자님은 이혼하지 않는다. 그의 외로움이, 그의 알코올중독이, 그의 자살이 두렵기 때문이리라. 어쩌면 황 기자님의 말씀이 맞을지도 모른다. 지금 집에 들어가 다시 상처뿐인 언쟁을 벌이는 것은 아무 도움도 되지 않을 테니까. 황 기자님은 지금껏 많은 일들을 헤쳐 나오셨고, 아마 이번에도 그럴 것이다.

 나는 황 기자님이 지금보다 행복해지기를 바란다. 나와 함께 이 본질적으로 허무한 인생길을 걷는 그 어떤 존재도, 춥거나 가난하거나 배고프거나 외롭거나 비참하지 않기를 바란다.

 새벽은 점점 퍼져 가고 그게 몇 시가 되었든지 나는 잠에 들 것이다. 잠들 것이다. 그리고 아주 잠시나마 근심과 분노와 공포를 정복하게 될 것이다. 만약 나에게 내 자신만의 문제를 해결할 능력이 없다면, 최소한 세상과 화해하며 살아가는 남자로 가능한 오랫동안 남아 있기를. 그 짧은 잠 속에서 아마 기도하고 있을 것이다.

이능(異能) 1

"75번. 조. 간. 내. 환자분, 4번 진료실로 들어가십시오."

"네."

(문이 열리고 문이 닫힌다)

"안녕하세요, 어디가 불편해서 찾아오셨습니까."

"불편하다기보다 요즘 저한테 이상한 일들이 생겨서요. 과연 의학적으로 치료, 아니 설명이나마 가능한지 알고 싶어서 왔습니다."

"아, 그러시군요. 구체적으로 어떤 증상이 발생하던가요?"

"그게 제 이름처럼 진짜 좆같은 일들인데… 제가 17층 베란다에서 뛰어내리면 콘크리트 바닥이 갑자기 매트리스처럼 폭신폭신해져서 다시 2층 높이 정도까지 튀어 오르고. 목을 매고 의자를 걷어차면 철사로 만들어진 전선줄이 무슨 고무줄처럼 헐렁해지면서…"

"혹시 그것들이 조간내 씨께서 실제로 겪으신 일이 아니라, 조간내 씨의 꿈 또는 환상을 현실로 착각한 것이 아닐까요?"

"아닙니다. 제가 투신할 때마다, 2층 할머니께서 계속 장난치면 관리소나 파출소에 민원을 넣겠다고 하세요. 물론 할머니 입장에서는 사람이 1층에서 점프를 해가지고 자기 집 베란다 앞까지 튕겨 올라오니 놀랄 만도 하시겠죠. 더 환장하는 것은 제가 일산화탄소를 만들려고 갈탄이나 번개탄을 피우면 그게 담배연기로 죄다 바뀌는 거예요. 게다가 창문이란 창문은 전부 밀폐를 시켰으니 온 집에 담배연기가 진동을 해서 목이 켁켁거리고 눈물이 나고…"

"최근에 발생한 증상들이 조간내 씨의 망상은 아니고 객관적인 사실이다, 이 말씀이시군요."

"차라리 망상이었으면 좋겠습니다. 가급적 남에게 피해를 안 주는 식으로 하려고 투신보다는 가스, 가스보다는 독약, 이런 방법들을 택하는데 번번이 안 돼요. 요즘 청산가리 구하기가 얼마나 어려운지 아시죠? 그걸 어렵사리 구해서 물에 타 마셨는데, 갑자기 무슨 과일주스 맛이 나더니 전원이 꺼져있던 스피커가 켜지면서 청량음료 CF (너도 가리~♪ 나도 가리~♪ 가리 가리~♪ 산가리아~♪) 광고음악이 들리는 겁니다. 대체 얼마나 황당한 일인지 이해하시겠어요?"

"음, 솔직히 의사로서도 저 개인으로서도 이해가 잘 가지 않습니다. 혹시 그것이 망상이 아니라는 것을 검증할 수 있도록, 제3자와 함께 시도해 보신 적은 없습니까."

"그럼요. 당연히 시도해 보았습니다만, 이런 얘기를 털어놔도 괜찮을지 모르겠네요."

"정신건강의학과 내에서 말씀하신 일들은 결코 바깥으로 새어나가지 않습니다. 안심하고 말씀해 보시지요."

"혼자서는 도저히 안 되니 2인 1조로 해 보려고, 자살카페에 저처럼 인생이 꼬이고 꼬이다 못해서 죽는 편이 사는 편보다 훨씬 낫다고 결심한 사람과 함께 실행하기로 약속했습니다. 그 사람은 건물투신이 싫다고 해서, 질식사로

의견 일치를 보았습니다. 원래 사람은 호흡반사가 있기 때문에, 동서고금을 막론하고 자기 스스로 숨을 참아서 죽은 경우는 없다고 하더군요. 그래서 서로의 발목에 족쇄를 채우고, 차가운 바닷속으로 뛰어들었습니다.”

“결과는 어떻게 되었습니까.”

“이번에는 혼자가 아니라 2인 1조인데 설마 안 되겠나 싶었지요. 그런데… 아, 도저히 말할 용기가 안 나네요. 저 스스로 생각해도 너무 황당한 일이라서.”

“말씀해 보십시오. 저희는 아주 다양한 케이스를 접하고 있고 또 이미 많이 접해 본 의사들입니다. 조간내 씨의 망상 또는 기이한 증상도, 편견을 버리고 말씀하시는 그대로 받아들일 수 있다는 뜻입니다.”

“아… 아… 아가…”

“네?”

"바다로 뛰어내리면서 기절했는데, 의식이 돌아오니 겨드랑이에 아가미가 보였습니다. 제 발목에 족쇄로 묶여 있던 사람은 이미 시체가 되어 있었는데, 저는 수중호흡에 아무런 문제가 없더군요. 그. 왜. 물고기들은 바다 속에서도 자유로이 숨을 쉬는 것처럼."

"지금도 그 아가미가 존재하는가요?"

"없습니다. 제가 유유히 물 밖으로 나와서 경찰이 사체를 인수하고 그 사람의 신원을 확인하는 동안, 아가미는 저절로 사라졌더군요. 이러니 제가 누구한테 무슨 말을 하겠습니까."

"확실히 조간내 씨의 망상 또는 증상은 의학계에서 주목해야 될 정도로 기이한 케이스로 보입니다. 이후에 다시 시도해 보신 적은 없으십니까?"

"왜 없겠습니까. 또 한 사람을 자살카페에서 만나 투신하기로 약속했습니다. 아무래도 초고층건물에서 투신하는 편이 확실할 것 같더군요. 위치는 그 사람이 부당해고를 당했다는 회사의 건물 옥상으로 정했고, 혹시 바닥이 또 폭신폭신해질까 봐 미리 낙하지점 답사까지 했습니다."

"그렇군요. 계속 말씀해 주시지요."

"바다에 뛰어들 때와 마찬가지로, 둘의 발목에 쇠로 된 족쇄를 채워서 누구 한 사람이라도 딴마음을 먹지 못하게 했습니다. 그리고 옥상에서 하나 둘 셋 구호에 맞춰서 함께 점프를 했지요. 그런데…"

"혼자 뛰어내리실 때처럼, 다시 그 낙하지점이 폭신폭신해지던가요?"

"아닙니다. 그… 노래가… 이건 진짜 누구라도 믿지 못할 겁니다."

"노래라니요?"

"셋! 하면서 점프하고 우리는 자유낙하를 시작했습니다. 그런데 어디에선가 한 천사, 아니 한 악마가 나타나 제 발목의 족쇄를 끊고 저를 하늘로 끌어올리더니 건물에서 쳐다보던 사람들이 그 광경을 보며 노래를 부르더군요. 자유롭게~ 저 하늘을~ 날아가도 놀라지 말아요~ ♪"

"마법의 성?"

"뭐 노래 제목은 모르겠고 아무튼 저는 강간당하는 기분에 욕질이 나올 정도였는데, 놈들은 제가 도저히 참을 수 없는 구절까지 부르더군요."

"우리 앞에~ 펼쳐질 세상이~ 너무나 소중해~ ♪"

"으아악. 제발 그만. 차라리 저를 칼로 찔러 주세요. 우리 앞에 펼쳐질 세상이 너무나 소중하다니, 도대체 어떤 마약을 하면 그런 노래를 부를 기분이 생기는 겁니까."

"정신건강의학과에는 여러 가지 약물들을 처방으로 쓰고 있습니다. 그보다 더 중요한 변곡점이 보이는 것 같군요. 만약 본인의 배를 칼로 찌르는 경우에는, 피부가 갑자기 철과 같은 금속처럼 딱딱하게 변해서 그 칼날을 막아내던

가요?"

"칼로 배를 갈라 자살하는 방식은 일본의 사무라이들이나 하는 것이지, 보통사람이 할복해서 죽을 수야 있겠습니까. 시도조차 안 해 봤습니다."

"(내선전화를 들며) 김 간호사. 여기 칼 한 자루. 아니, 아니, 조그마한 메스 말고 진짜 칼. 구내식당에 가서 아주머니한테 당근이나 무우 썰 때 쓰는 것들 중에, 날이 잘 드는 제일 큰 식칼을 달라고 하면 아실 거예요. 그걸로 가져와요."

"설마 여기에서 시도하실 생각입니까?"

"의사는 환자들을 위해 존재합니다. 걱정하지 마세요, 객관적인 검증을 위해서 실시할 뿐입니다. 김 간호사가 오기 전까지 몇 가지 준비를 해 보지요. 여기 뾰족한 만년필이 있습니다."

"앗 따가, 갑자기 왜 그러십니까."

"조간내 씨의 케이스는 의학적으로 유래 없이 드물기 때문에, 혈관이나 신경이 제대로 작용하는지 심플하게 테스트해 본 것입니다. 피도 조금씩 나고 아주 좋습니다. 잠시 뒤로 돌아서 보세요."

"끄웩. 끄웩. (대략 1분간 지속)"

"호흡반사도 정상이군요. 제가 주짓수와 실전무술을 배운 적이 있어서 목을 졸라 사람을 질식시키는 백초크 기술을 조금 할 줄 압니다. 아가미가 돋아나지 않는 이유는, 여기가 육상이라서 그렇겠지요?"

"제가 어떻게 압니까. 그래 봤자 저는 안 죽, 아니 못 죽는다니까요."

"길고 짧은 것은 대 봐야 알죠. (김 간호사가 들어와 식칼을 건네주고 나간다) 자, 상의를 탈의하시고 비스듬히 천장을 보고 누우세요."

"의사 선생님."

"네."

"혹시 성공할지 모르니, 유언을 남겨도 될까요."

"그럼요. 유족께는 제가 전해 드리겠습니다."

"가족 같은 거 원래부터 없었습니다. 다만 죽기 전에 이 말은 꼭 전해 드리고 싶어서요."

"네. 편안하게 말씀하시지요."

"인간 조간내. 살아가는 평생 쉴 새 없이 고통을 당했으니, 죽일 때만큼은 가장 빠르고 신속하게 죽여 주세요. 그리고 제게 주어졌던 저주나 다름없는 이능(異能)을 좋은 곳에 사용해 주세요."

"그것만큼은 제 목숨을 걸고, 굳게 약속합니다."

(대략 5분 후)

"76번. 염. 병. 할. 환자분, 4번 진료실로 들어가십시오."

"네."

(문이 열리고 문이 닫힌다)

"안녕하세요. 어디가 불편해서 찾아오셨습니까."

"지독한 스트레스 때문에, 속이 엄청 쓰리고 머릿속에 마치 테니스공이 굴러다니는 것처럼 두통이 심합니다. 너무 고통스러워 잠도 잘 수 없고, 깨어있는 내내 몸과 마음이 괴로워 도무지 살 수가 없어요… 그런데 정신과 의사가 맞으신가요. 외과 의사처럼 보이는데."

"아, 제 가운에 피가 많이 묻어 있어서 놀라셨군요. 고통받는 환자의 치료를 위해서라면 의사는 얼마든지 희생할 결심을 해야 하는 것입니다."

"무슨 말씀이신지…"

"별일 아닙니다. 여기 이 호흡기에 코와 입을 대고 아주 크~게 심호흡을 한번 하세요. (염병할이 숨을 쉬기 시작한다) 지금부터 제가 날숨을 내쉬면 호흡기로 그 날숨을 크게 들이마시고 나서, 대략 5초 후에 숨을 내쉽니다. 그리고 잠시 후에 다시 제가 날숨을 내쉬면 그것을 들이마시고 5초 정도. 이렇게 대략 서너 번 정도 크게 들이쉬고 내쉬는 호흡을 반복하시면 됩니다."

"후우~ 후우~ 후우~"

"자, 이제 그 지독한 속 쓰림과 머리에서 쇳덩어리가 굴러다니는 것처럼 괴로웠던 두통은 모두 사라지셨지요. 고통에서 해방된 지금 이 순간 어떤 느낌이 드십니까."

"어? 마치 하늘로 올라가는 듯한? 뭔가 몸 전체가 살짝 가볍게 우주인처럼 떠오르는 느낌이에요. 아아~ 자유롭게~ 저 하늘을~~"

"날아가도~ 놀라지 말아요~ ♪"

"우리 앞에~~ ♪"

"펼쳐질 세상이이이이이이이이이~~"

"너무나 소중해~ ♪"

"염병할 님. 아주 말끔히 나으셨습니다. 혹시 일상생활 중에 또다시 그런 괴로운 증상들이 나타나면, 언제든지 저를 방문해 주십시오. 그럼."

De Música Ligera

인과율(因果律)에 대해서는, 예전에 읽었던 범진전(范縝傳)을 자주 인용하곤 한다. 남북조 시절, 범진(范縝)은 경릉왕인 자량(子良)을 모시고 있었는데, 자량이 불교를 독실하게 믿는 반면, 범진은 무신론자였다.

한번은 경릉왕인 자량이 범진에게 "그대는 인과(因果)를 믿지 않는다는데, 그렇다면 세상에 어떻게 부귀가 있겠는가. 빈천은 또 어떻게 생겨난단 말인가."라고 물었다.

그러자 범진은 "인생은 비유컨대 하나의 나무에서 피어난 꽃과 같습니다. 똑같은 가지에서 동시에 꽃망울이 맺혔지만, 바람에 날리다 보면 휘장이 드리워진 비단보료 위로 떨어지는 것도 있고 울타리 근처 변소 옆으로 떨어지는 것도 있게 마련입니다. 휘장이 드리워진 비단보료 위로 떨어진 것은 전하라 하겠고, 변소로 떨어진 것은 저 같은 놈이겠지요. 귀하고 천한 것이야 각자 가는 길이 달라서 그런 것인데 인과(因果)가 도대체 어디에 있겠습니까?"라고 대답했다.

자량도 범진도 그 누구도 틀리지 않았다. 누군가 맞으면 누군가 틀려야 하는 것은 아니다. 하나의 문제에 정답이 하나만 있는 경우도 많지만, 정답이 여러 개 있거나 정답이 아예 없는 경우도 많기 때문이다.

 지금 우리는 온두라스로 간다. 축구팬들은 아마 엘살바도르와 벌인 축구전쟁으로 이 나라를 알고 있을 것이다. 하지만 우리는 축구를 보러 가는 것이 아니다. 아이들이 학교 가야 할 낮에는 갯벌에서 나무뿌리에 붙어사는 조개를 캐고, 지쳐 쉬어야 할 밤에는 통통배에 의지해서 바다로 나가 조업하는 모습을 보기 위해 가는 것이다. 과연 이런 문제에 정답이 있을지, 만약 있다면 어떤 것일지 알 수 없다. 우리는 거기서 올해 12살의 마누엘 카스티요를 만날 예정이다.

"마누엘. 담배를 조금 더 태워. 날벌레들이 다시 모여들고 있어."

"까를로스. 자꾸 졸음이 쏟아져. 기절하기 전에 얼른 각성제 앰플을 하나 줘. 아직 몇 개 정도는 남아 있지?"

"오늘은 많이 챙겨 오지 못했어. 게다가 로돌포와 기예르모도 두 앰플 정도는 필요할 테니 아껴 써야 해. 마누엘 너는 아예 한 방 미리 맞고 배에 탔잖아."

"어. 갯벌에서 조개를 따는데 오늘따라 작업이 더뎌져서 할당량을 채우느라 무리했나 봐. 아무튼 빨리 줘. 바로 기절할 것 같아."

까를로스가 앰플을 건네자 마누엘은 익숙하게 주사기에 액을 채워 왼쪽 다리에 놓는다. 왼팔은 주사자국으로 이미 엉망이 돼서 더 이상 놓을 곳이 없다. 마누엘은 '오른손잡이를 왼손잡이로 만드는 주사는 없을까'라고 생각한다. 그렇다면 오른팔에 얼마든지 더 놓을 수 있을 텐데.

"로돌포. 노를 저어서 좌현으로 15도 꺾어. 이대로 가다가는 배가 계속 떠밀려서 아예 하류 쪽으로 넘어가겠어."

"기예르모. 앰플을 지금 줄까?"

"아니. 하루에 두 개 넘게 쓰다가는 선장한테 돈도 못 받고 죽도록 쳐맞을 텐데 아껴야지. 마누엘 녀석. 오늘 완전히 좀비처럼 보이네. 저 녀석이 갯벌에서 무리했다 싶으면, 차라리 처음부터 배를 타지 못하게 해. 괜히 우리가 녀석 몫까지 잔업을 해야 되잖아."

새벽이 되어서야 통통배는 원래 출발했던 곳으로 돌아온다. 마누엘은 씻을 틈도 없이 허름한 수상가옥에서 잠에 빠진다. 마누엘의 누나와 여동생도 낮의 힘든 노동으로 고단하기는 마찬가지다. 고등학교든 중등학교든, 학교에 진학한다는 것은 생각도 못 할 처지의 누나와 여동생 또한 마누엘과 마찬가지로 부모 없이 가족을 위해 생업의 최전선을 지키고 있다.

칼 폴라니의 주장에 따르면, 노동의 가치가 시장에서 거래되어서는 안 된다. 노동의 가치는 사고팔거나 가격이 매겨질 수 없다는 것이 그의 이론이다. 하지만 칼 폴라니는 유럽과 캐나다에서 평생을 보냈던 백인 경제학자다. 현실은 결코 그의 이론처럼 호락호락하지 않다.

이런 현실에 대해서는 칼 폴라니의 주장보다 존 맥케이브의 지적이 훨씬 더 정확하다. 소위 말하는 "공정무역"이 원래의 좋은 의도에서 나쁘게 변질되어, 농민과 어민의 권익을 보장하는 것이 아니라 기업체의 이윤을 높이는 데에 쓰이고 있다는 지적이다. 더러운 실체는 감추고 홍보

수단을 이용해 친환경적인 모습으로 포장하는 위선적인 행위를 '그린워싱(Greenwashing)'이라고 부르는데 최근 공정무역을 주제로 그린워싱하는 기업이 많아지고 있는 것이다.

대표적인 예시가 스타벅스와 폭스바겐이다. "클린 디젤"이라는 프로파간다를 내세워 이산화탄소 배출량을 줄이는 척했지만, 폭스바겐의 거짓말이 전 세계에 발각되는 데는 그리 오랜 시간이 걸리지 않았다. 스타벅스에 대해서는 따로 언급할 필요조차 없을 것이다.

무엇보다 "공정무역" 제품을 구매하는 소비자들이, 실제 생산자들인 어민이나 농민에게 얼마만큼의 이득을 주고 있는지를 계량화하기가 매우 어렵다. 그저 "공정무역"이라는 인증마크만을 보고 해당제품을 구매하는 것이 과연 어떤 의미가 있을까? 국제무역 시장에서는 "공정무역" 사업이 커지면 커질수록, 후진국과 개발도상국의 농민이나 어민이 아닌, 글로벌 대기업의 이익만 더 커지고 있다고 말한다.

"출석을 부른다. 에두아르도 카라스코."

"네."

"우고 에스꾸데로."

"네."

"리까르도 베네가스."

"네."

"마누엘 카스띠요."

"…"

"마누엘은 오늘도 결석인가? 로돌포 파라다."

"…"

"어이, 반장. 이 두 녀석은 아예 학교 다닐 생각이 없나 본데. 그러면 차라리 자퇴를 하지, 뭣 하러 출석부에 이름만 올려놓고 있는 거냐?"

"도밍게즈 이장님께서 얘네들이 학교에 다니는 것처럼 되어 있어야 무슨 보조금이 정부에서 나온다고 얘기하셨어요."

"제기랄, 동네 이장이란 작자가 어째 더 악질이군. 아이들을 학교에 보낼 생각을 해야지. 오히려 약점을 이용해서 애들한테 지급되어야 할 보조금이나 뒷구멍으로 빼돌리고 말이야."

"옆 반의 기예르모 바띠스타도 마찬가지라고 알고 있는데, 걔네들 모두 다 소년가장들이라서 단 하루라도 일을 안 하면 말 그대로 굶어 죽는 수밖에 없을 거예요."

마누엘은 꿈을 꾸었다. 자신이 다섯 살 때 죽은 아버지처럼 몸집이 큰 어른이 되어 비행기를 조종하며 하늘을 날아가는 꿈이었다. 그러나 갑자기 조종사 마누엘의 몸이 작아졌다. 너무 너무 작아져 항법장치를 조절할 수 없을 정도가 되자 비로소 그는 꿈에서 깨어났다.

실제로 마누엘의 몸이 점점 더 커지면 더 이상 조개 따는 작업을 하지 못하게 된다. 왜냐하면 갯벌의 입구가 너무 좁기 때문에 어른들은 아예 들어갈 수가 없고, 대략 마누엘이나 그 비슷한 체구의 어린이들만 갯벌에 들어갈 수 있기 때문이다. 아침부터 저녁까지 조개를 딴 후에, 잠깐의 휴식을 취하고 다시 통통배를 타야 한다.

거의 밤새도록 조업을 하고 난 후에, 아침잠을 서너 시간 정도 자고 나서 또다시 조개를 따기 위해 갯벌로. 대체휴일이나 강제휴일 같은 단어를 마누엘이 들으면 과연 이 아이는 그 개념을 이해할 수 있을까.

아니, 하루만 쉬어도 우리 가족은 그날 먹을 걱정을 해야 하는데 왜 아무 이유 없이 강제로 쉬어야 하는 거죠? 미친 사람들인가요? 마누엘의 생각처럼 한국 사람들이나 온두라스 사람들, 둘 중에 한 쪽은 미친 것이 확실하다. 어쩌면 두 쪽 다 미쳤을지 모른다.

 누나와 여동생은 아직 자고 있다. 깨우고 싶지 않아, 달그락거리는 소리를 최대한 나지 않게 하면서 마누엘은 생선살을 냄비에 삶아 아침식사 대신으로 먹는다. 그 생선살조차 어제 작업하고 나서 선장이 어판장에서 팔 수 없는, 돈 안 되는 생선들을 버리듯이 마누엘에게 떠넘긴 것이다.

 작업반장한테 받았던 조그마한 모종삽을 가지고 마누엘은 다시 갯벌로 나간다. 전에는 모종삽이나 호미도 없이 맨손으로 팠었다. 당연히 마누엘을 위해서 준 것이 아니라, 모종삽으로 팔 때가 더 수확량이 많아진다는 것을 알아차린 작업반장의 아이디어였다.

 착취는 더 심해지지만, 마누엘도 모종삽이 있어서 다행이라 생각할 정도로 현장의 상황은 열악하기 짝이 없다.

갯벌에 쭈그리고 앉아 조개를 죽어라 캐면서 당일의 할당량까지 채우지 못하면, 다음 날 무리를 해서라도 그날 부족했던 만큼을 더 채워 넣어야 한다.

'마지막 장면에 You cannnot stop me(넌 나를 막을 수 없어)라는 대사가 몇 번이고 반복해서 나오던데, 이건 무슨 의미입니까? …아. 제작 과정에서 할리우드 시스템과의 마찰이 많았는데, 감독 자신이 그걸 이겨 내겠다는 뜻에서 그런 대사를 넣은 것 같습니다… 제약회사가 고용한 검은 옷들이 차로 여러 번 레스를 치었는데, 그는 죽지 않더군요. 초능력을 이미 상실한 상태였는데 어떻게 이런 일이 가능합니까? 이것도 레스의 판타지입니까? …판타지는 아닙니다. 오히려 레스에게 약이 아닌 다른 이유로 인해, 초능력이 생겼다고 해석할 수도 있습…'

"로돌포. 라디오는 그만 끄고, 노래를 불러 줘."

"왜? 잠이 와? 의식 잃고 기절하기 전에, 얼른 까를로스한테 주사액 앰플을 달라고 해."

"아직 주사액을 쓸 정도는 아니야. 그냥 노래가 듣고 싶어."

"싱거운 녀석. 알았어. 뭘 불러줄까? 나 요새 미국 노래도 몇 개 들었는데, 영 리듬이 우리하고는 안 맞더라."

"몰라. 그냥 잠 오는 노래 말고 아무거나."

"〈Cielito Lindo〉는 어때?"

"제목만 들어서는 뭔지 모르겠다. 불러 봐."

"아이~ 아이~ 아이~ 야~ 깐따 이 노 조레스. 포르께 깐
딴도 세 알레그란. 시엘리또 린도 로스 꼬라소네스~
(Ay~ ay~ ay~ ay. canta y no llores. Porque cantando se
alegran. Cielito lindo los corazones.)"

"노래를 부르면서 울음을 날려 보내요. 우리가 노래하는 동
안에는 불행이 찾아오지 못하리니. 그 노래, 가사 참 좋네."

"야. 마누엘. 너 요새 부쩍 피곤해 보인다."

"언제는 안 피곤했냐. 통통배 타고 야간작업 시작하고부
터는 단 하루도 피곤하지 않은 날이 없었어. 거기 옆에 있

는 담배 한 갑 이리로 던져 줘라. 날벌레도 날벌레지만, 가슴이 답답해서 못 견디겠다."

"델리까도스(delicados)로 줄까?"

"무라띠(muratti)가 없으면 그거라도 줘. 델리까도스는 멕시코 담배라서 그런지 맹맹하더라고."

빈곤과 폭력은 그 자체에만 초점을 맞추려고 들면 영원히 해결할 수 없다. 빈곤과 폭력의 저변에 깔려 있는 사회적인 분위기에 초점을 두는 것이, 그나마 옳은 접근법이다. 물론 해결하기 쉽지는 않지만.

멕시코. 그리고 멕시코에 인접한 북중미 국가들의 경우에는, 신자유주의가 세계경제를 지배하면서 대외개방이 지나치게 빠르게 진행되었고 국가의 내수산업은 자연스럽게 붕괴하였다.

그러면서 국가의 무역적자는 매년 늘어나고, 국가경제의 불안정성은 어느 누가 보더라도 위험 수위까지 다다랐다. 이것이 페소화(멕시코 페소 뿐만 아니라 다른 북중미 국가들의 화폐들까지)의 위기로 이어졌고, 곧 엄청난 인플레이션과 실업률 증가가 뒤따라 왔다. 살인적인 고통은 오롯이 국민들에게 떠맡겨졌다.

이런 나라들에서 유능하고 청렴한 지도자가 나올 리 없다. 콩밭에서 콩이 나오지, 팥이 나오지는 않는다. 포퓰리

즘과 광신도들의 지지로 무장한 정치꾼이 국가의 핸들을 쥐고 낭떠러지 절벽으로 전력 질주하는 중이지만, 어차피 본인은 낙하산도 있고 보험도 든든하게 들어놓았으니 '국가'라는 차량이 절벽에서 추락해 죽어나는 이들은 정치꾼이 아니라 그 나라 국민들이다.

마누엘에게 선거권은 아직 없지만, 혹여 선거권이 주어진다 하더라도 그는 우고 차베스나 니콜라스 마두로와 같은 포퓰리스트 정치꾼에게 표를 던지게 될 것이다. 왜냐하면 차베스나 마두로는 엄청난 사설경호원들과 육중한 방탄차량을 무기로 그 더러운 목숨을 지킬 수 있고 뒷구멍으로 스위스 은행에 비밀스런 무기명계좌를 개설해서 국민들에게 돌아가야 할 돈으로 자신들의 막대한 치부를 쌓아 놓지만, 겉으로는 빈부의 격차를 해소할 것이라느니 민영기업을 국유화해서 나라의 부(富)를 늘리겠다느니 하는 사탕발림을 늘어놓기 때문이다.

현실성은 전혀 없고 자신들도 그렇게 할 의향은 아예 애초부터 없지만 가난한 사람들이 듣기에는 그럴싸하기 때문에, 그렇지 않아도 교육수준이 낮아서 뭐가 옳은지 뭐가 틀린지에 대한 정확한 판단능력을 잃어버린 문맹들의 가려운 등짝을 아주 싹싹 긁어 주는 셈이다. 어디든지 그런 식으로 세상은 굴러간다.

"마누엘. 우리가 어른이 되면 정말 비행기를 몰고 하늘을 날아갈 수 있을까. 이런 통통배로 밤새 조업만 하다가 인생 종 치기는 싫은데."

"모르겠어, 로돌포. 솔직히 말하자면 생각을 제대로 못 하겠어. 낮에 조개 따느라 완전히 녹초가 된 상태로 통통배를 타니까, 내가 지금 어디에 있는지 뭘 하고 있는지조차 모를 정도로 멍할 때가 더 많으니까."

"씨발. 선장 새끼는 오늘도 탱탱한 여자 옆에 끼고 떡 치면서 밤을 보내겠지. 우리한테는 값싼 담배 몇 보루나 각성제 앰플만 주고, 할당량을 못 채우면 누나를 창녀촌으로 보내겠다느니 산 채로 배를 갈라서 장기(臟器)를 카르텔에 팔아 버리겠다느니 협박만 하는 주제에."

"기예르모. 우리가 몇 살이지?"

"마누엘. 정신 차려. 너 아직 각성제를 안 맞아서 완전 정신이 나갔구나. 우리 다 12살이잖아. 이 배를 타고 일하는 네 명 모두."

"우리가 어른이 되려면 몇 년 더 지나야 할까?"

"5년이나 6년 정도. 어른 되어 봤자 소용없어. 체구가 커지면 조개 따는 일도 못 할 테고 오히려 더 험한 일자리로 보내지겠지. 델리까도스 한 갑, 거기 그물망 쪽에 있는데 이리 좀 건네 줘."

"노래를 부르면서 울음을 날려 보내요~♪ 우리가 노래하는 동안에는 불행이 찾아오지 못하리니~♪"

"야, 마누엘. 노래 잘한다. 미국에서 태어났으면 멋진 가수가 되었을 텐데."

"우리가 노래하는 동안에는 불행이 찾아오지 못하리니…"

(3년 후)

"기예르모. 얘기가 다르잖아. 나는 리볼버를 안 쓴다고."

"씨발. 네 말대로 찾아봤는데, 그것밖에 없어."

"리볼버는 제대로 장전하는 방법도 몰라. 게다가 총열도 졸라 짧아서 이거 쏘다가 내 손이 먼저 날라가겠네."

"야. 우리가 무슨 군인이냐? 아무거나 갖다 주면 그저 고맙다 하고 쓰는 거야. 리볼버지만 M29는 화력도 좋아서 다들 이거 구하려고 난리법석인데, 마놀로. 넌 왜 그렇게 45구경에 집착해?"

"됐어. 말씨름할 시간도 없으니까. 그리고 너 한 번만 더 나를 마놀로라고 불렀다가는, 네 대가리부터 이걸로 날려 버린다."

"왜? 큰 북의 마놀로 아저씨. 좋잖아~?"

"이걸 그냥 확. 자정까지 온다던 로돌포 새끼는 어디 갔어."

"침착해. 로돌포는 지금쯤 살금살금 기어들어가서 뒷문을 따고 있을 거야. 설마 너, 도끼로 자물쇠를 부수고 들어갈 생각은 아니었겠지."

"새벽에는 항상 갱단들이 다닌다고. 우리 셋이 목숨 걸고 국경을 넘을 때 뭐라고 약속했는지 벌써 까먹었냐? 절대로 멕시코 갱단에 맞서거나 멕시코 갱단에 들어가지 않기로 한 약속."

"알아. 마누엘. 그런데 이런 자잘한 건수는 멕시코 갱단들이 쳐다보지도 않는 잔챙이야. 우리가 뭐 큰 거 노리는 것도 아니잖아."

"그건 니 생각이고. 여기도 따지고 보면 CDG 구역이야. 아무리 좀도둑질이라 하더라도, 걔네 눈에 고깝게 보이면 그 날로 우리는 전부 실종자가 되는 거라고. 젠장. 로돌포 새끼. 더럽게 오래 걸리네."

"여어~ 거기 호모 새끼들. 둘이서 뭐하고 있냐."

"기예르모가 장난감 같은 리볼버를 가져왔는데, 이거 로돌
포 너가 그냥 가져라. 나는 사냥칼 한 자루면 충분하니까."

"웃기시네. 내 총은 내가 챙겨. 그 리볼버 꽤나 아담하구
만. 마놀로, 니 후장에 박으면 아주 딱 맞겠는데."

"이게 진짜 죽고 싶어서 환장했나."

"야. 야. 왜들 그렇게 시끄럽게 굴어? '우리 지금 여기서
탐피꼬로 보내지는 가루 쌔벼가러 왔어요~'라고 동네방
네 광고 때리고 싶은 거야? 로돌포, 너도 얼른 건물 안으
로 다시 들어가."

"기예르모. 너나 앞장서. 열쇠 따는 건 내가 전문이지만,
건물 구조는 잘 모른단 말이야. 계단 타고 지하실로 가야
되는 거지?"

"마누엘. 일단 너는 여기서 망을 보고 있다가 누가 지나가

———

087

거나 쥐새끼 한 마리라도 들어오면 바로 쏴서 죽여 버려. 로돌포, 넌 내 뒤를 따라와. 지하실보다 먼저 1층 창고부터 뒤져 보자."

로돌포와 기예르모가 열심히 코카인이 들어 있는 가루 포대를 찾는 동안, 마누엘은 조용히 밖을 응시했다. 달도 뜨지 않은 밤이었다. 젠장, 제타스 놈들이나 CDG한테 걸리면 산 채로 인간튀김이 될 텐데. 그 자들이 튀김옷이라도 발라주고 나서 기름통에 넣어줄지 모르겠네.

"마누엘. 마누엘."

"왜?"

"존나 무거워. 정제된 코카인이 아니라서 그런지, 생각보다 킬로수가 많아."

"통통배 타고 다닐 때는 자기 몸무게 두 배나 되는 짐들도 잘만 들어 옮기던 놈들이 왜 갑자기 앓는 소리야."

"그건 배에서 잠깐 하역할 때 얘기고. 우리한테는 차가 없잖아. 이 무거운 포대자루를 둘러메고 밤길을 몇 시간씩 걸어갈까? 너 지금 장난해?"

"장난 칠 기분 아니야. 그러면 어쩌자고."

"후안호를 불러. 그 새끼한테 좆만한 도요타가 있어. 뒷좌석에 이걸 싣고 우리 중 한 명은 놈이 딴생각 못 하게 조수석에 같이 타야 돼."

"야. 기예르모. 후안호가 무슨 택시기사냐? 이 밤중에 부른다고 여기까지 오게? 게다가 녀석은 멕시코 새끼야. 나이는 어리지만 제타스 똘마니라고. 일을 더 크게 만들지 말고 그냥 갖고 갈 수 있는 만큼만 가져와."

갑자기 창고에 조명이 환하게 켜진다. 이제 모든 것이 끝장이다. 어차피 사람은 짧은 삶을 살다가 간다. 누군가는 죽음이 마치 존재하지 않는 것처럼 회피하고, 누군가는 죽음을 그저 신의 미소로 받아들인다.

"¿Qué carajo? solo tres chicos?"

"Pensé que era Del Noreste."

"어이, 거기 꼬맹이들. 전부 다 일루 와 봐."

"허. 꼴에 권총 한 자루씩 차고 있는 거 보소. 빨랑 안 튀어와?"

"얼굴을 보실까. 하나. 둘. 셋. 더 없어?"

"으… 없어요… 우리 셋이 전부예요."

"¿Hay alguien fuera de la paja?"

"No se muestra ninguno de los surs, al menos por ahora
supongo."

"수우레나 노르떼는 안 보인다는데. 이 어린 새끼들은 대
체 어디서 온 거야?"

"어이. 너희 셋. 어디 놈들이냐."

"…"

"…"

"할… 할리스코에서 왔는데요…"

"조까, 이 좆만한 새끼야. 슬쩍 봐도 거무튀튀한 게 과테말라나 에콰도르 같은 데서 올라온 티가 나는데. 어디 CJNG 행세를 하려고 들어."

"아무리 봐도 이 너저분한 꼬맹이들은 CJNG도 아니고 무슨 갱단도 아닌 거 같습니다. 어디서 알아챘는지 가루를 중간에서 빼돌리려고 한 모양인데, 소속도 없는 것들. 그냥 묻어 버리지요."

"글쎄. 차토한테 넘기면 간이나 염통 정도는 꺼낼 수 있을 텐데."

"차토는 내일 오후에나 도착할 거야. 네가 그때까지 꼬마들이랑 포커라도 치면서 놀아줄래?"

"알았어. 굳이 묻어 버릴 필요도 없겠네. 이것들을 찾으러 누가 올 것도 아니고."

"야. 꼬마 한 놈은 그래도 눈빛이 살아 있는데. 나머지 두 놈은 거의 기절하기 직전이잖아."

"쿠프레. 아르나즈. 저 꼬마, 이리로 데려와 봐."

나무 그늘은 서로를 식혀 주고, 바람이 불면 서로를 에워싸고 속삭인다. 사람의 마음이 그 안에서 평화를 발견한다는 것을 믿고자 한다. 우리가 태어났던 그곳. 통통배와 갯벌이 있던 그곳. 머지않아 영혼은 곧 그곳으로 돌아가리라.

"야. 꼬맹이. 너 뭐 잘하는 거 있어?"

"..."

"입술이 붙었냐? 불로 지져서 좀 녹여 줘? 형님께서 묻고 계시잖아."

"그냥 노래를 조금 부릅니다."

"허허허. 봤지? 죽기 직전인데도 이 꼬마는 눈빛이 살아

있다고. 만약 이런 녀석이 수우레나 노르떼에 들어가잖
아? 그러면 순식간에 중간보스급으로 올라간다니까. 어
디 그 노래나 한번 들어보자. 불러 봐.”

“Ay~ ay~ ay~ ay. canta y no llores. Porque cantando se
alegran. Cielito lindo los corazones···”

“이봐. 너 멕시코 아니지?”

“아닙니다.”

“어디 출신이야?”

“온두라스 바닷가 깡촌에서 자랐습니다.”

“멕시코 놈도 아닌데, 마리아치 노래를 이렇게 잘 불러?”

“통통배 타고 일할 때마다 불렀으니까 골백번은 더 불렀
겠죠.”

"이런 좆같은 새끼가 뭐, '불렀겠죠? 어디 형님한테 버릇없이."

"야. 야. 때리지 마. 저런 놈은 때릴수록 더 세지는 놈이야. 온두라스 바닷가에서 온 꼬맹아, 이름이 뭐냐?"

"마누엘 카스띠요."

"건방진 새끼. 계속 말이 짧네."

"야. 야. 때리지 말라니까. 그래, 마누엘. 통통배타고 열심히 일하면서 살 것이지. 뭣 하러 여기까지 건너와서 가루도둑질이나 하고 있냐."

"솔직히 말하면 또 개머리판으로 저를 두들겨 패실 겁니까."

"아니. 내 밑에 있는 애들은 내가 제어한다. 분명히 때리지 말라고 두 번이나 경고했는데 이번에도 때리는 놈이 있다면, 그건 나에 대한 불복종이지. 맞을 걱정은 접어두고 얘기해."

"배가 고파 살 수가 없어, 국경을 넘었습니다."

"그래, 좋아. 그러면 멕시코에서 다른 일을 하든지 아예 미국으로 넘어갈 수도 있는데, 왜 여기서 가루나 빼돌리고 있는지도 대답해 봐."

"가루 빼돌리려고 한 건 이번이 처음입니다."

"저 뒤에 실신해서 자빠져 있는 두 놈들이 꼬드겼냐?"

"우리는 국경을 넘으면서 절대로 갱단이 되거나 갱단에 맞서지 않기로 약속했습니다. 그런데 기예르모가 우연히 탐피꼬에 보내지기로 되어 있던 가루포대를 발견해서, 이 사달이 난 겁니다."

"권총은 어디서 구했어?"

"여긴 멕시코 아닙니까. 사제 권총 따위는 마음만 먹으면 몇 정이든 구할 수 있습니다."

"어. 쿠프레. 잘 참았어. 너가 만약 마누엘을 팼으면 내가 너를 죽을 때까지 두들겨 패서 그 시체를 조각냈을 거다. 작은 마누엘의 언사가 불손하기는 해도, 내 명령이 그보다 더 위에 있다는 것을 명심해라."

"이제 저희들을 죽이실 겁니까?"

"하나. 질문은 내가 한다. 둘. 너는 내 명령이 떨어지지 않는 한, 죽지 않는다. 알아들었어?"

"네."

"다시 본론으로 돌아오자. 너희는 수우레도 노르떼도 아니지?"

"저희는 어느 갱단에도 들어간 적이 없습니다."

"그런데도 감히 코카인을 빼돌리려고 해? 정신이 나간 거야, 아니면 다른 뒷배가 있는 거야?"

"국경 넘어 들어온 촌놈들한테 무슨 뒷배가 있겠습니까. 인간은 배가 고프면 무슨 짓이든 할 수 있는 겁니다."

"좋아. 성공할 확률은 없었겠지만, 만약에 가루를 빼돌렸으면 어디다가 팔 생각이었냐."

"예전에 선장이 거래하는 라인이 있었습니다. 우리가 직접 그 라인에 넘기지는 못해도, 가루만 확보해 두면 수수료를 주고서라도 중간 도매상들이 채갔을 겁니다."

"선장?"

"저희는 세 명 모두 8살도 되기 전에 통통배에 태워져서 죽도록 일만 했습니다. 그 배의 선장놈이 저희한테 매일같이 암페타민을 주사해서 야간에 기절하지도 잠을 자지도 못하게 하며 계속 조업을 하게 만들었는데, 그러다 보니 암페타민이나 코카인이나 거기서 거기더군요."

"마누엘."

"예."

"네가 선장을 죽였나?"

"셋이서 했지만, 제가 주도한 것은 맞습니다."

"선장 말고는?"

"까를로스라고 우리와 나이가 같은 똘마니가 있었지만, 선장을 죽이자는 계획에 찬성을 않더군요. 어차피 비밀이 새어나가면 죽는 건 마찬가지니까 같이 해치웠습니다."

"너 혹시 살면서 세자르 알마란이라는 이름을 들어봤니?"

"처음 듣습니다."

"아르나즈. 쿠프레. 너희는 해뜨기 전에 저 두 놈 묻고 와라."

"둘 다 제 친구들인데, 왜 저는 살려두십니까."

"어. 어. 그렇지. 그렇지. 내 명령이 항상 위에 있다. 아무리 작은 마놀로의 언사가 비위에 거슬려도 내 허락 없이는 결코 안 돼. 만약 진짜 방아쇠를 당겼다면 너는 기름통에 정확히 세 번 들어가는 거였다. 그게 무슨 뜻인지는 아르나즈, 네가 더 잘 알고 있겠지."

"…"

"아. 마놀리토. 왜 너는 살려두는가. 소위 네 친구라는 저것들은 간이나 염통 말고는 아무 짝에도 쓸모가 없어. 선장을 죽이고 국경을 넘었으면 그만한 뚝심으로 무언가에 목숨을 걸어야 하는데, 잘하는 것도 없고 두둑한 배짱도 없어. 살아 있는 시체나 마찬가지야."

"말씀드렸지만 저희 셋은 결코 갱단에 들어가지도 맞서지도 않겠다고 약속했습니다."

"그건 저 두 고깃덩어리가 살아 있을 때 얘기고. 게다가 너는 가루포대를 빼돌리려고 여기 온 순간 이미 갱단에 맞서기로 한 거야. 너 자신은 무의식적으로 부정하고 있을지 모르지만. 마놀리토, 지금 너한테 선택권은 없다. 나중에 훨씬 더 거물이 되어서 모든 선택권이 너에게로 몰리는 날이 올지도 모르지. 하지만 오늘 밤은 아니야."

"여기가 어느 갱단인지 물어봐도 됩니까."

"당분간은 모르는 편이 좋아. 우리는 노르떼도 수우레도 아니야. 차차 알게 될 거니까 조바심 낼 필요 없어."

"부탁 하나만 드리고 싶습니다."

"뭔데?"

"제 친구들이 묻힌 곳을 저한테 알려 주십시오."

"왜?"

"나중에 제게 선택권이 주어지는 날이 오면, 그곳에 찾아가서 지금 구하지 못했던 용서를 구하고 싶습니다."

"그때까지도 놈들의 영혼이 거기에 있을 거라고 생각해?"

"솔직히 모릅니다. 하지만 저 친구들은 국경을 넘을 때 생사를 함께했던 친구들이고, 아마 제가 죽을 때까지 기억에 남아 있을 겁니다."

"젊은 마놀리토. 꽤나 낭만적이군. 남자란 가슴에 그런 무언가가 있어야 해. 자, 지금부터 너는 내가 키운다. 아마 나는 언젠가 너에게 잡아먹히겠지. 그럴지라도 나는 기쁘게 너의 영양분이 되어 주마."

(그로부터 3년 후)

행동으로 보여주고, 말로 들려주고, 해 보도록 시키고, 칭찬해 주지 않으면, 사람은 움직이지 않는다. 마누엘에게는 저 네 가지를 모두 채워 주는 존재가 있었기에, 그가 배워야 할 것들을 빠른 속도로 배워 나갔다.

"마누엘. 이제 너도 자랄 만큼 다 자랐으니 네 인생에 대한 선택을 내려라. 더 이상 타마울리파스 같은 시골에 머무를 필요는 없어."

"굳이 떠나라고 하시면 떠나겠지만, 타마울리파스도 여전히 제게는 아직 큰 곳입니다."

"무슨 말도 안 되는 소리. 북쪽에는 국경만 넘으면 미국이 있고, 남쪽으로는 DF가 있다. 미국만큼은 아니지만, 멕시코의 수도(首都)인데다 인구 1000만 명이 넘게 사는 대도시야."

"둘 다 별로 제 취향에는 맞지 않습니다."

"그래? 어디 마음에 둔 곳이 있어?"

"DF에서 시작되는 85번 국도가 끝나는 곳입니다."

"…"

"안 됩니까."

"어쩌면 이런 운명이 다 미리 짜여 있었던 것인지도 모르지. 되고 안 되고는 너한테 달린 거야. 하지만 왜 굳이 몬테레이냐?"

"저도 이미 다 들었습니다. 헤라르도 형님은 쌍둥이로 태어나셨다고. 그리고 쌍둥이 형제분은 제 나이쯤에 몬테레이로 올라가 몇 년 후, 조직의 우두머리가 되셨다고."

"…"

"그리고 시날로아 카르텔과 연합해서 작전을 펼치다가 젊은 나이에 폭사하셨다는 사실도, 전부 아르나즈에게서 들었습니다."

"마누엘."

"예."

"너는 세자르를 영웅이라고 생각하니?"

"아닙니다."

"그런데 왜 굳이 그놈처럼 되려고 하니?"

"인간에게 있어서 사는 법과 죽는 법을 가르쳐 주신 분은 바로 제 앞에 계신 헤라르도 형님입니다. 저는 세자르 알마란을 뛰어넘는 누군가가 되고 싶을 뿐입니다."

"…"

"제가 미덥지 못하십니까?"

"세자르는 자기 꾀에 빠져 죽었어. 아니, 자기보다 뛰어난 사람이 존재한다는 사실을 부정하다가 죽었지. 마놀리토, 나는 늘 너에게 자신감과 용기를 가르쳐 왔다. 하지만 너 자신의 위치를 스스로 정확하게 파악하지 못하면, 자신감은 오만으로 바뀌고 용기는 만용으로 바뀌는 거야."

"제게 선택권을 주셨으니 저는 선택을 내리겠습니다. 제 선택은 미국이나 멕시코의 다른 곳이 아닌, 몬테레이입니다."

"그렇게 되기로 마음먹었다면 그렇게 되는 거겠지. 세자르를 뛰어넘고 싶다… 어디 한번 해 봐. 어차피 몬테레이는 지금 비어 있는 셈이나 마찬가지니까, 너라면 조직 하나 만드는 정도는 어렵지 않아. 하지만 거기에서도 여기서처럼 잔챙이 짓이나 할 생각이라면 처음부터 집어치워. 사람이 큰물에 들어가면 큰일을 해야 해."

"국가(國家)라도 세우라는 말씀입니까?"

"칼데론. 니에토. 이 두 놈은 완전히 맛이 갔어. 멕시코라는 국가의 원수(元帥)가 되기에는 글러먹은 놈들이야. 나처럼 타마울리파스 시골에서 지낼 정도의 그릇조차 안 되는 것들이 6년씩 돌아가면서 대통령 자리에 12년 동안이나 앉아 있었으니, 멕시코 국민들이 정부보다 가까운 갱단을 더 신뢰하는 것도 어쩌면 당연하지."

"제 고향 온두라스도 크게 다르지는 않습니다."

"그러니까 네가 한번 바꿔 봐. 정치판에 뛰어들라는 소리가 아니고 너만의 제국을 거기서 키워 보라는 뜻이야. 네기억의 씨앗은 온두라스 바닷가 촌구석에서 싹텄을지 몰라도, 이제 네가 써 나갈 기억은 몬테레이에서 꽃피게 될거다. 밤하늘을 볼 때에는 어디를 봐야 하지?"

"큰곰자리를 봐야 합니다."

"됐어, 그거면 충분하다. 마누엘, 이제 너는 더 이상 작은 마놀리토가 아니라 마누엘 카스티요라는 어엿한 남자다. 타마울리파스를 떠난 후에는 결코 돌아보지도 말고 흔들리지도 말고 계속 서쪽으로 가라. 언젠가 우리. 저 하늘의 큰곰자리에서 다시 만나자."

이능(異能) 2

"그러니까 거사님께서 운전을 하실 때만 눈에 보인다는 말씀이시군요."

"네. 직업이 운전대를 잡아야 하는 직업이니 정말 고역입니다. 일상생활 중에는 전혀 나타나지 않아요."

"당연한 얘기지만 안과에는 가 보셨는지요."

"대학병원 안과까지 가서, 받을 수 있는 검사라는 검사는 다 받아 봤습니다. 혹시 비문증(飛蚊症)의 일종이 아닐까 싶었는데, 그것도 아니랍니다. 원묵 스님. 대체 이를 어쩌면 좋겠습니까."

"나무관세음보살. 때때로 마군(魔軍)이 수행자들의 해탈열반을 방해하기 위해 그런 식의 환영(幻影)이나 환각(幻覺)으로 나타나기도 하지요. 우리 중생들이 할 수 있는 일은 그저 업장 소멸을 위해 수행하고 기도하는 것뿐입니다."

"스님. 부디 구체적인 방법을 알려 주십시오. 이러다가는 직장도 잃고 아예 길거리로 나앉게 생겼습니다."

———

113

"구체적인 방법이라… 수행자가 마음에 한 가지 원(願)을 품고 하루에 몇 번씩 밤낮으로 108배 관음기도를 100일 간 드리면, 그 사무치는 발원(發願)이 관세음보살님의 자비하심에 닿아 악한 마군(魔軍)이 물러가지도 하지요. 그러나 이러한 100일 기도는 단 하루라도 빠짐이 있어서는 아니 되며, 108배를 드릴 때에 한 배라도 놓침이 있어서는 아니 됩니다."

"기도 도량은 깊은 산일수록 좋다 하던데 사실인가요, 원묵 스님."

"내 안에 부처님 계시면 거기가 바로 불국정토. 깊은 산이 아니어도, 관세음보살님께서 거하시는 곳에서 정성을 다하여 발원(發願)하면 될 것입니다. 허나 발원(發願)하는 마음을 흔들리게 하는 삿된 일들과 삿된 생각들은, 하나라도 마군(魔軍)을 불러들일 수 있으니 엄금해야 합니다."

"이를테면 어떤 일과 어떤 생각인지요."

"나무아미타불. 무릇 색(色)에서 마(魔)가 발(發)하는 것이니, 기도 중에는 여자를 품는 일은 물론이거니와 색(色)을 탐하는 생각조차 내어서는 아니 될 것입니다."

"예쁜 여자가 지나갈 때 저절로 눈이 가는 것조차 참아야 합니까?"

"거사님의 발원(發願)이 아무리 지극하여도 결과의 가부를 알 수 없을진대, 그렇게 여색을 탐하는 마음이 한 톨이라도 끼어 있으면 어찌 그 원(願)이 관세음보살님께 닿을 수 있겠소. 그런 걱정을 하고 있을 바에 차라리 100일 기도는 아예 처음부터 그만두는 것이 나을 것이오."

그리하여 김용철 거사는 아예 집을 박차고 나와서 용국사 옆의 조그마한 오두막을 구해, 그 곳에 기거하며 곡차(穀茶)와 일체의 고기를 끊고 100일간의 기도 수행에 들어갔다.

파릇파릇한 서른 살의 왕성한 정력이 어찌 채식으로 꺾일 수 있을까마는, 김용철 거사의 결심은 완강했다. 조금이라도 여자 생각이 나면 곧바로 일주문(一柱門) 안으로 들어가 관세음보살님 앞에 무릎을 꿇고 108배 기도를 올렸다.

어떤 날은 하루에 열 번 이상의 기도를 올린 날도 있었다. 기도를 마친 후에 땀이 흐르는 사이로 보이는 관세음보살의 미소가 뚱칠이, 아니 김용철 거사의 눈에는 세상 그 무엇보다 아름답게 보였다.

(그로부터 108일 후)

"아, 노(老)스님. 오랜만입니다. 원묵 스님은 어디에 계십니까."

"용철이 아닌가. 반갑네. 그 사이에 살이 엄청나게 빠졌군. 어디 아픈 곳이라도 있나. 어찌 그리 비쩍 말랐어."

"아프기는요. 오히려 병이 말끔히 나았습니다. 이제는 운전을 하더라도 그 빌어먹을 놈의 환영(幻影)이나 환각(幻覺) 따위가 전혀 보이지 않아요. 오히려 시력이 전보다 아주 좋아져서 시력검사표 맨 밑의 숫자까지 또렷이 크게 보인다니까요. 이건 거의 이능(異能)입니다."

"그동안 무슨 안과 수술이라도 받았나?"

"천만에요. 원묵 스님께서 알려 주신 대로 여기 용국사에서 100일간 관음기도를 하루도 빠짐없이 드렸을 뿐입니다."

"자네 정말 괜찮나, 또 곡차 마시고 정신이 흐려진 거 아니야?"

"술은 석 달 넘게 입에도 대지 않았습니다. 그런데 왜 자꾸 저를 이상한 사람처럼 보십니까."

"첫째. 원묵이라는 법명(法名)을 지닌 승려는 여기에 없네. 누가 그런 이름으로 승려를 사칭하고 다녔는지는 모르지만, 내가 이 절의 주지로 부임해서 줄곧 여기 있는 동안 용국사에 그런 법명(法名)의 승려는 한 명도 없었다는 말일세. 둘째. 무엇보다 자네는 관음기도를 여기에서 드릴 수가 없어. 아예 처음부터 불가능하다고."

"아니. 저는 100일간 단 하루도 쉬지 않고 108배 기도를 여러 번이나 올렸는데, 어째서 그렇단 말입니까." 뚱칠이가 다소 화를 내며 말했다.

"거 참. 나로서도 희한한 일이네." 노(老)스님이 고개를 갸웃거렸다.

"이 절에는 관음전(觀音殿)이 없거든. 자네 대체 누구를 만나서 어디에서 기도를 드린 건가? 어이, 이봐. 용철이.
정신 차려~ 야. 여기 사람이 기절해서 쓰러졌다~ 119 빨
리 불러라~ 그 녀석. 꼴을 보아하니 몇 달 동안 끼니도 제
대로 못 챙겨먹은 것 같은데, 진짜 무슨 귀신에라도 홀렸
나 보군."

Some Die Young

사랑스런 오빠의 그 목소리 듣고 싶어요
오빠의 희미한 미소 바라보면서 예전처럼 손잡고
푸르른 저 언덕을 다시 함께 걷고 싶어요

어제는 호스피스 교육을 받으면서
장례의식도 해 보고 임사체험도 해 보았어
이대로 죽는다 해도 편안할 것만 같았어

아르바이트도 괜찮은 곳에 합격이 되서
경험 삼아 해 본다고 들어갔는데
직원들에게 이쁨 받으면서 잘 지내고 있어

우리 당장은 서로의 자리를 지키지 못해도
언젠가 그 마음을 담은 채 늘 서로를 지켜 줄 거야

"안 내면 술래, 가위 바위 보."

"와~ 오늘도 둔기다. 케케."

"뚱칠이는 맨날 보만 내는데, 둔기는 역시 머리도 둔기네."

"시꺼. 혜리 나오는 저거 통쾌환인가 뭔가. 3개 주세요."

"술 마시기 전에 마시는 거 맞죠?"

"네. 술 마시고 나서 드셔도, 숙취해소효과는 같습니다."

 문 닫을 때가 되면, 대개 숙취해소제(소위 술 깨는 약)와 구강청결제를 사 가는 손님들이 많아진다. 이곳은 산업단지 근처라서 공단에서 일하는 외국인들도 자주 오는 편이다. 세간의 선입견과는 달리, 대부분이 한국어를 아주 능숙하게 말한다. 영화나 드라마에 나오는 어눌한 발음의 노동자는, 약국에 결코 혼자 오지 않는다.

"파르마쉐. 마시는 감기약 주세요."

"응. 늘 같이 오던 코맹맹이 러시아 여자는 안 보이네."

"다른 도시. 새 일자리 생겨서 갔어요."

"너희끼리도 서로 네트워크가 있어서, 무슨 직종이든 일
당 5000원 아니 일당 1000원이라도 더 주면 대한민국 끝
에서 끝까지라도 가지?"

"예. 우리 키르기스 사람들. 러시아어 잘하니까 같이 다녀
요. 러시아 사람들. 우리보다 숫자 많은데. 일자리 많이
알아요."

"츠베크. 자네도 어느 날 갑자기 사라지면 보고 싶을 거야."

"파르마쉐. 스파코이 노치(Good night) ~"

집까지는 버스를 타도 갈 수 있지만 걸어서 간다. 치안이

좋은 나라에서 누릴 수 있는 혜택이다. 해가 진 밤에는 한 발자국도 거리를 내딛을 수 없는 나라가 부지기수니까. 그리고 아직 내 백혈구 수치는 허용범위 안에 있으니까.

"너 왜 자꾸 기어 들어와서, 잘하지도 못하는 마누라 행세하고 그래?"

"볶음밥이라도 만들어 줘야 오빠가 하루에 최소한 두 끼는 먹잖아. 나도 내가 살림 잘 못하는 거 알아. 그래도 매일 여기까지 와 주는데 고맙지도 않아?"

"그러니까 먼 길 오지 말라고. 나 누구 신세 지거나 남이 옆에 자꾸 들러붙는 거 딱 싫어하는 사람이야. 아직도 그렇게 몰라?"

"내가 남이야?"

"남이지."

"정 떼려고 그러는 건 아는데, 난 그 정도로 떨어질 여자 아니야."

"볶음밥 말고 만들 수 있는 요리는 없지?"

"응."

"가끔 카레라도 얹어 보면 어떨까."

"오빠가 뭘 잘 모르는구나. 요즘 여자가 카레 사 가면 다들 이상한 눈빛으로 쳐다봐."

"아무리 생각해도 시켜 먹는 편이 훨씬 나은 방법인데."

"계란 없을까?"

"만사가 귀찮아. 이거 먹으면 너 가는 거다."

"안 돼."

"뭐가 안 돼."

"여기서 집까지 적게 잡아도 2시간이야."

"그러니까 늦은 밤에 오지 말랬잖아. 왤케 말을 안 들어."

"추워요~"

"이건 뭔 수작이야 또."

기억을 지우는 방법론에 대해 들어본 일이 있는가. 일단 기분 나쁜 무언가가 떠오르면 눈을 감고 심호흡을 한 번 한다. 그리고 눈을 감은 상태에서, 눈앞에 아주 강력한 블랙홀이 있다고 상상한다. 그 블랙홀은 모든 것을 빨아들인다. 이제 그 기분 나빴던(버리고 싶거나 지우고 싶은) 기억을 생각하고 다른 생각으로 넘어간다. 전에 무얼 생각했는지 떠올려 본다. 없어졌다.

일반론이기 때문에 잘 안되는 사람이 더 많을 것이다. 하지만 시도해서 나쁠 이유가 있겠는가.

시조 하나가 떠오른다. 〈여덟 살에 일곱 해를 병 앓았으니, 돌아가 누움이 외려 편하겠구나. 흰 눈이 펄펄 오는 오늘 이 밤에 제 어미 떠나고도 추운 줄 모르니 가슴 아프다.〉 인생의 7/8을 아팠다면 아마 나하고도 얼추 비슷하겠네.

오빠가 하늘로 떠나가고 나면
오빠의 이야기를 글로 담을 거야

오빠가 이 세상에 살아 있었다는 것을
얼마나 아름다운 존재였는가를

세상 모든 사람들에게 이야기하고 알려 줄 거야
왜 어떤 사람들은 일찍 떠나야 하는지 알 수 없지만

잠시만 기다려 달라고 말하고 싶어
우리가 함께 바라보던 세상들은 얼마나 아름다웠는지
너무나 많은 것들을 함께 이야기하고 싶은데

만약 떠나더라도 우리 함께 떠나기로 약속했잖아
그러니 나를 혼자 남겨두고 떠나면 안 돼

"CT상으로 보면, 커진 것은 계속 커지고 있고 아직 작아지는 현상은 나타나지 않고 있습니다. 항암치료는 이제 그만두시겠습니까."

"당분간은 쉬겠습니다."

"다른 분도 아니고, 질병의 예후를 충분히 아시는 분이기에 저도 굳이 강요하지 않겠습니다. 하지만 열이 높아져서 계속 내려오지 않거나 구토와 혈변이 지속되면 입원은 불가피합니다."

"교수님, 저 소아암 병동에서도 근무했다는 거 알고 계시죠?"

"알고 있습니다."

"그러면 거기에서 제가 뭘 보고 느꼈는지도 잘 아시겠네요."

"…"

"이제 더 이상은 매달리지 않으려구요. 항암치료 하면 6개월 살고 안 하면 4개월 사는데, 고작 그 두 달을 더 살겠다고 자기가 방귀를 뀌고 있는지 대변을 누고 있는지 스스로 분간도 못 하면서 삼시세끼 흰죽이나 먹고 최종적으로 링거를 놓을 자리가 없어질 때까지 실험동물처럼 고문당하다 죽는 일은 없어야죠."

입원환자복을 입은 그 소년의 눈동자는 이미 초점이 풀려 있었다. 젠장. 젠장. 젠장. 그가 찔림은 우리의 허물을 인함이요, 그가 상함은 우리 죄악을 인함이라. 그가 징계를 받음으로 우리가 평화를 누리고, 그가 채찍에 맞음으로 우리가…

얼마 지나지 않아, 소년이 마치 나뭇가지처럼 바닥에 쓰러졌다. 병동 사람들은 호루라기를 불며 달려왔고, 소년의 장난감 자동차도 어딘가로 함께 옮겨졌다. 그때. 마치 누군가 귓가에 대고 속삭이는 듯했다. '그가 곤욕을 당하여 괴로울 때에도, 도살장으로 끌려가는 어린 양과 털 깎는 자 앞에 잠잠한 양과 같이 그 입을 열지 아니 하였도다…'

느끼지 않고서는 표현할 수 없는 것들이 너무나 많다. 달콤한 윗입술과 부르튼 아랫입술. 그 두 입술 사이를 지나 치아에 도착한다. 잠시간은 서로의 입술만을 느끼다가 언젠가. 순간. 찰나. 아주 짧은 시간에 굳게 닫혀 있던 장벽이 열리고 우리는 우리가 서로에게 줄 수 있는 모든 사랑을 나눈다. 서로의 머리를 가볍게 부여잡고, 우리는 마치 영원 같은 순간을 함께한다. 몇 마디 문장으로 설명할 수 없는 이런 감정은 실제로 느껴 본 사람만이 떠올릴 수 있으리라.

아픔도 마찬가지. 세상에는 수많은 아픔이 있다. 어느 아픔도 다른 아픔에 대해 우위를 지닐 수 없다. '내가 이만큼 아프니까 너는 아픈 것도 아니야'라고 하는 말은 한 인간이 다른 인간에게 내뱉을 수 있는 가장 폭력적인 말이다. 발병률 0.0001%의 질병도 지금 이 글을 읽고 있는 당신이 걸리면 오롯이 100%인 것이다. 어느 누구도 남의 아픔을 폄훼할 권리나 자격은 없다.

최인호 작가가 모래땅에 엎드려서 거의 절을 하고 있던 사진을 본 적이 있다. 작품 표지 혹은 천주교 서울대교구

신문에서 본 것으로 기억한다. 나는 그가 왜 그런 자세를 취하고 있는지를 전혀 몰랐다. 한참 후에서야 그 빌어먹을 침샘암이 너무나 끔찍한 질병이라서, 환자가 서 있거나 앉아 있는 상태에서는 목에 걸린 가래를 뱉는 것조차 불가능하기에 엎드려 통곡하듯 가래를 토해 내야 된다는 사실을 알게 되었다. 질병으로 인해 한 인간이 얼마나 비참해질 수 있는지, 소설이 아니라 단 한 장의 사진으로도 그는 우리에게 처절하게 말해 주고 있었다.

 이제 나의 시간도 다해 간다. 어디에서 왔는지, 어디로 가는지. 나조차 알 수 없는 운명의 시간을 지나는 동안, 내 영혼 역시 그처럼 엎드려 통곡하고 있다.

사랑하는 오빠

오늘도 잘 지냈어?

하늘에서는 늘 건강하고 행복했으면 좋겠다

다시 한 번만이라도 내 사랑 그 얼굴이 보고 싶어

이젠 아무리 보고파도 그 얼굴 그 목소리 찾을 수가 없어

오늘도 그 사랑스런 추억에 그리움만 쌓여 가

이러면 안 되지만 죽을 만큼 보고 싶다

언제나 보고픈 내 사랑

그 얼굴이라도 다시 더듬어 보고 싶어

그 목소리라도 다시 듣고 싶어

남들은 잊어버리라고 생각을 아예 말라고

하지만 그게 어떻게 되겠어?

아름다웠던 추억들이 너무도 많은데

이제는 적어도 오빠가 보는 앞에서 울지 않을래

내 사랑하는 사람에게 환한 웃음만을 보여 주고 싶어

성 키리아쿠스의 토요일
(Saturday of Saint Cyriacus)

억센 폭풍우가 지나가고 난 다음, 산에서 쏟아져 내리는 붉은빛의 물은 빠르게 흘러 내려갔다. 숲은 평온한 푸른빛을 띠고 거기에 그대로 있었다. 한 치도 날아가 버리지 않았다. 그 평온한 푸른빛이 조용히 머물고 있었다는 것이 사람들의 마음을 편안하게 해 주었다.

성 키리아쿠스는 정교회와 카톨릭 모두에게서 성인(聖人)으로 추앙받고 있지만 축일(祝日)은 다르다. 정교회에서는 6월 7일에, 카톨릭에서는 8월 8일에 그를 기념한다.

문명이 극도로 발달한 오늘날에 있어서, 신(神)이 인간과 같은 모습을 하고 인간과 같은 감정을 지니고 있다고 생각하는, 소위 의인화(擬人化)된 신에 대한 관념은 시대에 뒤떨어진 것으로 여겨진다. 그럼에도 불구하고 성인(聖人)들에 대한 관념은 크게 바뀌지 않은 것처럼 보인다.

오늘날의 우리는 그저 다수자가 되기만 하면 된다. 그렇게 되기만 하면 우리는 신(神)의 심판 에 대해서도 얼마든지 안심하고 태평하게 살아갈 수 있다. 지금의 시대는 다수자가 하는 일이, 바로 신(神)의 의지가 되기 때문이다.

이러한 신(神)의 의지는 대개 죄를 용서할 수 있는 신(神)의 권위와 관계되어 있는데, 자신의 죄에 대해 절망하는 것과 죄의 용서에 대해 절망하는 것은 완전히 다른 개념이다.

예수가 맹인의 눈을 뜨게 하고 사람의 죄를 용서하는 권위를 나타냈음에도 당시의 유대인들은 좌절했다. 그들은 그들의 죄에 대해서가 아니라, 그들의 죄를 용서할 수 있는 존재에 대해서 좌절했다. 죄를 용서하는 권위는 신(神)만이 갖는 것인데, 그 권위를 참칭하는 것이 신에 대한 모독이라고 생각한 것이다.

유대인들은 감히 나사렛에서 태어난 목수의 아들 따위가 인간의 죄를 용서하는 권위를 가지고 있다고 주장하는 점에 대해 좌절했다. 따라서 idem per idem. 같은 것은 같은 것에 의하여. 신(神)이 그리스도로 사람이 되었다면 사람에 의하여 심판받는 것이 마땅하지 않은가?

———

다른 예를 들어보자. 어떤 농부가 자고 있는 동안, 도둑놈이 들어와서 농부의 새 바지를 벗기고 자기가 입던 헌 바지를 입혀 놓았다. 그 농부가 일어나 보니 자신의 다리가 없어져 버렸다. 이런 경우에 농부의 절망은, 어떤 특정한 것에 관해서는 결코 변화가 일어나지 않기를 바라는 마음에서 기인한다. 그런 것쯤이야 영원한 세계에서는 별것 아니라고 스스로를 위로할지 모르겠지만, 농부는 지금의 자기 다리가 어제의 자기 다리라고 끝끝내 인정하지 않는다.

 변화는 본디의 상태에서 벗어나게 하는 것이다. 몇몇 언어권에서 '바꾼다'라는 단어는 '놀란다'라는 뜻으로도 사용된다. 놀라는 것이 바뀜에 의해 맨 먼저 나타나는 결과이기 때문이리라.

 그러므로 이 고집스러운 농부는 변화와 영원성 사이에서 변화를 버리고 영원성을 선택한다. 영원성은 참다운 반복이며, 반복은 인생의 진실함이라고 믿는다. 농부는 영원의 자신이고자 원하며, 어떤 변화(없어진 다리)에 대해서는 자기 자신이기를 바라지 않는다. 그 변화를 받아들이지 않는 것을 당연한 것이라고 생각한다.

대부분의 인간이 보내는 시간은, 자신의 사명을 실현하거나 실현할 가능성을 알아차리지 못할 만큼 아무 생각 없이 그렇게 지나가고 있다. 자신의 사명을, 자신에 대한 부름을, 너무나 잘 알아차리고 지상에서 천국을 바랐던 성(聖) 키리아쿠스에게 로마군들은 산 채로 피부를 벗겨내는 고문을 가한 후에 참수하였다.

시인 바이런이 남긴 말에 따르면, 창작이나 허구가 때로는 실제로 일어난 일보다 더 사실적이다. 현실은 굳이 개연성을 띨 이유가 없기 때문이다. 마치 폭풍우가 지나가고 산에서 쏟아져 내리는 물이 붉은빛을 띠는 것처럼. 하지만 푸른빛을 띠는 성 키리아쿠스의 토요일은 언제나 그랬듯이 사람들의 기분을 좋게 해 주었다.

이능(異能) 3

"손님. 죄송하지만 선금으로 얼마쯤은 주셔야 할 것 같습니다."

"아, 요즘 거하게 먹고 도망가는 사람들이 많다지요. 당연히 드리겠습니다. 아마 제가 앞으로 더 먹을 분량을 생각하면, 여기. 일단 만 원짜리 10장입니다."

"실례지만 뭐 하시는 분인지 여쭤봐도 될까요."

"평범한 직장인입니다."

"벌써 돌솥비빔밥만 7그릇을 드셨습니다. 사이드로 나오는 김치전이나 계란말이는 제외하고도 엄청난 양인데, 보통 분은 아니실 것 같아서요."

"그냥 출판사에서 일하는 보통 사람입니다."

"원래부터 그렇게 많이 드셨나요? 저희야 많이 팔 수 있으니 매상 올라서 좋지만, 5그릇째부터는 슬슬 손님의 건강이 걱정됩니다."

"사장님께서 바쁘시지 않으면 잠시 앉아서 제 얘기를 들어보시지요."

"네, 주방 아줌마들이 계속 음식을 만들고 있고, 지금은 손님 많은 시간대도 아니니까 얼마든지 들을 준비가 되어 있습니다. 분명히 뭔가 사연이 있으시겠지요."

"이능(異能)이 생겼습니다."

"네?"

"어느 날."

"벌써 시작이 예사롭지 않군요."

"그날은 회식을 마치고 집으로 돌아가는 길이었습니다. 분명히 회식 때 갈비찜으로 거하게 식사를 마쳤는데, 이상하게 공복감(空腹感)이 느껴지더군요. 근처에 있는 분식집에서 김밥을 두 줄 사 먹었어요. 그런데 여전히 공복감은 사라지지 않더군요. 세 줄을 더 사서 먹었습니다, 하나는 참치김밥 하나는 멸치김밥 하나는 쇠고기김밥. 마찬가지였어요. 김밥은 역시 소화가 잘 되어서 그런가 보다 싶어 순대집에 갔습니다."

"아바이순대?"

"뭐 이름은 기억나지 않는군요. 아무튼 갖가지 재료로 속이 꽉꽉 찬 그 순대 말입니다. 거기서 한 줄을 썰어 주길래 바로 다 먹었지요. 두 줄을 썰어 줄 때도 마찬가지. 세줄을 더 썰어 달라고 하니까 순대집 사장님이 당황하기 시작했어요. 저는 계속 공복감을 느끼는데 말이죠. 세 줄을 다 먹고도 똑같기에, 아예 찜솥에 담긴 걸 통째로 다 썰어 달라고 했습니다."

"제가 의학에 대해서는 전혀 모르지만, 너무 많이 들어가면 배 그러니까 창자가 터져 버리지 않나요?"

"글쎄요. 저 역시 의학에 대해서는 전혀 모릅니다. 하지만 창자가 터진 적은 아직 없어요. 순대집 사장님도 놀라셨는지, 자기 영업장에서 사고가 나는 것을 원하지 않는다고 하시더군요. 먹은 만큼만 계산하고 나머지 남은 순대는 그냥 집에 갖고 가서 먹으라며 아예 공짜로 주셨습니다.”

“설마 그 순대도 다 드셨습니까?”

“네. 집에서 다 먹었는데 여전히 공복감은 사라지지 않았어요. 그래서 피자를 시켰습니다.”

“잠시만요. 이거 정말 끝도 없겠군요. 즉, 손님은 아무리 먹어도 배가 부르지 않는 이능(異能)을 갖게 되셨다는 뜻인데, 그럼 도대체 체중관리는 어떻게 하시나요? 제가 겉으로 봐서는 아주 날씬하시거든요.”

“이게 마치 은행의 통장계좌와 같습니다.”

“네?”

“만약 제가 여기서 돌솥비빔밥 10그릇을 먹었다고 치면, 저는 대략 3일이나 4일 동안 식사를 하지 않아도 됩니다. 순대나 피자나 돌솥비빔밥이나 그 먹은 양만큼, 은행에 저축한 것처럼 몸에 저축이 된다고 해야 하나."

"보통 그렇게 되면 사람들은 당연히 살이 엄청나게 찌지 않습니까?"

"사실은 저도 그럴 줄 알았는데 살이 찌는 것과는 별 관계가 없어요. 그리고 또 하나. 이건 조금 섬뜩한데 괜찮을까요."

"섬뜩한 정도는 오래전에 지난 것 같습니다만."

"먹은 열량만큼 뛸 수 있습니다. 예전부터 운동이라고는 전혀 하지 않았지만, 울트라 마라톤이라고 100km를 뛰는 종목에 출전해서 비공인 한국 신기록을 세웠습니다. 세계 신기록은 일본의 스나다 다카히로가 보유한 6시간 13분 33초이지만, 얼마든지 제가 깰 수 있을 것 같아요."

"혹시 집안에 그런 이능(異能)을 보유하신 분이 계신가요? 가끔 유전적으로 이어지는 경우가 있다던데."

"글쎄요. 다만 작고하신 부친께서 잠깐 식당을 운영하신 적이 있어요. 워낙 어릴 때라 기억은 거의 없지만, 제가 태어나고부터 건강하게 크라고 특별히 뭔가를 따로 먹이셨다고 하더군요."

"그 식당의 이름을 혹시 기억하십니까?"

"팔선반점(八仙飯店)입니다."

배움을 얻기 위하여

힘든 일도 있을 것이다. 말하고 싶은 것도 있을 것이고, 불만도 있을 것이다. 열받는 일도 있을 것이고, 울고 싶은 일도 있을 것이다. 하지만 이런 것들을 참아 나가는 것이 남자의 인생이다.

마누엘은 그 남자를 찾기 위해 몇 달을 보내야했다. 세자르 알마란을 허공의 먼지로 날려 버리고, 이후 재건된 조직의 우두머리 치코 라미레즈마저 한 줌의 재로 만든 그 남자를. 그토록 찾던 남자가 바로 앞에 있다. 캄캄한 어둠 속에서.

"불을 켜지 마라. 누군가 끊임없이 나를 찾으려 든다고 하던데, 너는 누구냐?" 어둠 속에서 의외로 낮고 부드러운 목소리가 들려왔다.

"마누엘 카스티요."

"여기 내가 있다는 사실은 어떻게 알아냈나?"

"꽤 오랜 시간을 들여 찾아다녔습니다. 불을 켜고 어떤 분인지 직접 뵙고 싶은데, 허락해 주시겠습니까."

"대화로 충분하다. 너는 거래상이라고 얼핏 들은 것 같군. 직접 가루도 하는 놈이냐, 아니면 오로지 거래만 하는 놈이냐."

"가루 따위. 하려고 해도 할 수가 없습니다."

"왜?"

"어릴 때 통통배에서 워낙 주사를 많이 맞아서, 웬만한 약에는 신체가 거의 반응하지 않습니다."

"통통배?"

"10살도 안 된 아이들을 노예처럼 끌고 다니면서, 1년 365일 밤이고 낮이고 죽기 직전까지 조업시키는 배를 말합니다."

"타마울리파스에서 왔다고 하던데, 거기서 그런 일이 있었나."

"저는 온두라스 바닷가 시골에서 태어나 자랐습니다. 촌뜨기였던 저를 지금의 저로 만들어 주신 분이 타마울리파스 출신인 헤라르도 알마란. 세자르 알마란의 쌍둥이 형제입니다."

"…"

"…"

"그 쌍둥이란 놈이 너더러 복수를 부탁하더냐?"

"정반대입니다. 세자르는 자신보다 더 뛰어난 사람이 존재한다는 사실을 부정했기 때문에 죽었다고, 항상 그렇게 말씀하셨습니다."

"복수가 목적이 아니다. 그럼 대체 왜 그동안 날 찾아다닌 거냐?"

"가르침을 받기 위해서입니다."

"난 국립학교 선생이나 사관학교 교관이 아니야. 세자르 알마란의 쌍둥이란 놈이 너를 가르칠 만큼 가르쳤을 텐데, 무얼 더 배우고 싶은가?"

"학교 수업으로 뭔가를 배운 적은 한 번도 없습니다. 헤라르도 형님에게서 제가 배운 것들도, 곁에서 보고 들으며 스스로 익힌 것들입니다. 그런 기회를 제게 주시지 않겠습니까."

"난 이미 두 번이나 죽은 목숨이야. 이젠 아무도 곁에 두지 않는다. 내가 사랑하고 아끼던 사람들은 오로지 내 곁에 있었다는 이유로 모두 목숨을 잃었어. 무언가를 배우고 싶다면 책을 읽어라. 거기에 모든 것이 다 쓰여 있다."

"헤라르도 형님께 들었습니다. 사람에게는 그릇의 크기가 있는데, 그릇이 큰 사람에게 배워야 자신의 그릇도 그만큼 커진다고."

"사탕발림은 그만둬. 세자르 알마란은 머리부터 발끝까지 교활한 놈이었는데, 쌍둥이란 놈은 겪어 보지 않아서 그 속을 잘 모르겠군. 만약에 가루를 거래하지 않는다면, 무슨 수로 몬테레이를 주무를 셈이냐?"

"거래상이 꼭 가루만 취급해야 한다는 생각은 오래 된 고정관념입니다. 물론 가루가 짭짤하게 남는 장사이기는 하지만, 멕시코는 산유국이고 석유뿐만 아니라 옥수수나 돼지고기도 전부 거래의 대상입니다."

"그런 건전한 사업은 정부나 기업체에 맡기는 편이 낫지 않을까. 하긴 시카고의 알 카포네도 우유를 거래한 적이 있으니, 전례가 없는 일은 아니지. 너는 발상이 꽤나 독특하구나."

"온두라스 바닷가에서 소위 공정무역이 얼마나 잔인한지 10살도 되기 전에 몸으로 배웠기 때문에, 멕시코 출신들보다 그런 쪽에 있어서는 상상력이 더 풍부합니다. 저는 혹여 가루를 거래하더라도 결코 페소는 받지 않습니다. 페소는 뒷간 쓰레기보다 못하다고 생각하는 편이 정신건강에 낫기 때문입니다."

"네 이름이 뭐라고 했지?"

"마누엘입니다. 마누엘 카스티요."

"그래서 네가 꿈꾸고 실제로 만들려고 하는 너의 생태계
는 과연 어디까지 펼쳐져 있나?"

"아직 고정시키지 않았습니다. 계속 넓혀 가고 싶은데, 그
러려면 경험 많은 사람의 가르침이 필요하다고 생각해서
여기까지 온 것입니다."

"확실히 너는 시시껄렁한 잡놈들과 다르군. 멕시코의 갱
들은 경쟁자들을 총으로 죽여 버리고, 미국의 기업가들은
경쟁자들을 돈으로 사 버리지. 하지만 너는 경쟁자들을
너의 상상력으로 눌러 버릴 수 있어. 몬테레이가 좁아 보
일 정도야. 차라리 사업가를 하는 게 어때?"

"지금 제가 하고 있는 것도 사업입니다. 다만 여기에서는

45구경 없이 사업을 할 수 없기 때문에, 갱단으로 보일 뿐이지요."

"거기서 잠깐. 45구경?"

"콜트 45구경을 말합니다."

"한 손으로 탄창을 갈아 끼울 수 있나."

"아니요. 저는 그런 재주 없습니다."

"잔재주는 없는 편이 훨씬 낫지. 한번 잔재주를 배우기 시작하면 그걸 자랑하고 싶어지고, 그렇게 되면 광대나 다름없어. 너는 시작하면서부터 제대로 된 습관을 들였군. 아까 나한테 뭘 배우고 싶다고 했지?"

"전 세계를 그림자로 누비던 경험을 바탕 삼아, 아직까지 좁은 제 생태계를 넓혀 주십시오. 저한테는 그것이 가장 큰 가르침입니다."

"좋아. 일단 독서하는 습관을 길러라. 통통배에서 조업하느라 학교에서 배울 기회는 잃었겠지만, 사람은 학교가 아니더라도 얼마든지 기회가 주어지면 배울 수 있는 존재다. 하나 물어보자. 네가 말했듯이, 멕시코는 원유와 금과 옥수수 모두 거래한다. 만약 너한테 셋 중에서 한 가지만 골라서 거래할 수 있다면 무엇을 택하겠나?"

"금입니다."

"이유는?"

"석유나 옥수수는 보관비용이 꽤나 들지만, 금은 보관비용이 거의 들지 않습니다. 그리고 유가는 국제 정치와 관련이 있어서 가격 예측이 상당히 어렵습니다. 저는 정치라면 아예 고개를 돌려 버립니다."

"어린 녀석이 점점 마음에 드는군. 또 하나 물어보자. 너 세계에서 가장 자살률이 높은 나라가 어디인지 알고 있나?"

"korea라고 알고 있는데, 확실하지 않습니다."

"확실해. 네가 통통배에서 소위 공정무역의 노예로 살았던 시간만큼이나 확실하다. 내가 거기 출신이거든. 한 해에 인구 10만 명 기준으로 27명이 자살하는데, 세계 평균보다 3배는 더 높지. 남자가 72%, 여자가 28%다. 상상이 가나?"

"저는 상상력만큼은 풍부하니까, 대략 느낌은 듭니다. 우리처럼 마음속에 큰 뜻이 있는 사내들에게는 미래가 눈꼽만치도 없는 나라군요."

"맞아. 그곳의 사내들은 근면하고, 한 명씩 살펴보면 머리도 좋고 능력도 좋아. 하지만 잘못된 사상과 그 사상을 추종하는 무리들이 잘못된 방식으로 국가의 조종간을 제멋대로 쥐면서, 젊은 청년들의 삶에 대한 의지마저 꺾어 버렸지."

"아프리카의 독재 국가들만 그런 줄 알았는데, 부자나라로 알려진 곳이 그렇다니 의외입니다."

"자이르는 코발트 매장량이 세계 1위에 다이아몬드 매장량이 세계 3위다. 이런 나라들은 정치만 깨끗해지면 얼마든지 부국(富國)이 될 수 있어. 멕시코 역시 마찬가지. 하지만 나의 모국 korea는 그렇지 않아. 석유도 코발트도 천연자원 아무것도 없는 국가에, 한 줌의 미래조차 없어. 그래서인지 네가 그리는 생태계와 네가 그리는 미래에 더 호기심이 생기는군. 지금 당장 네 관심을 끄는 분야는 어느 쪽이냐?"

"멕시코 내에 갱단은 셀 수도 없이 많지만, 제대로 된 군대는 찾아볼 수 없습니다. 갱들은 돈만 주면 자기 부모나 형제도 죽일 정도로 오로지 돈에 의해서 좌우될 뿐, 엄격한 규율이나 체계가 결여되어 있습니다. 저는 규율과 체계가 바로 선 군대를 키울 생각입니다."

"UN이나 다른 머저리 집단들이 가만두지 않을 텐데, 그런 것에 대해서는 어떻게 대비하겠다는 계획이 서 있나?"

"미국만 허락하면, UN 같은 잡것들은 아무 문제가 없다는 확신이 있습니다. 일전에 소말리아가 아주 좋은 예시를 보여 줬구요. 가장 큰 관건은 미국의 환심을 사는 것인데,

일단 우리는 가루와는 거리를 두는 방식으로 AMLO의 중앙정부조차 손을 놓아 버린 멕시코 북부의 치안을 잡아 버리는 동시에, 미국에게도 '깨끗한 군벌'이라는 이미지를 심어 놓을 생각입니다."

"소말리 족은 케냐와 에티오피아까지 자신들의 영토로 삼고 있던 민족이야. 그래서 사이드 바레는 에티오피아 침공 시에 잃어버린 고토(古土)를 수복한다는 기치를 내걸었지. 사이드 바레 이후로 소말리아에 '정부'라는 존재는 없어졌다. 그걸 만만하게 여기고 UN군이 들어갔다가 망신을 당했는데, 너는 거기까지 생각하고 있었던 거냐."

"멕시코도 20세기 초에는 군벌들이 할거하던 시대를 겪었다고 들었습니다. 결국에는 플루타르코 까예스가 모두 정리하면서 지금의 '멕시코 정부'라는 것이 제도화되어 들어섰고, 저 역시 현재 AMLO의 중앙정부가 하지 못하거나 하지 않는 일을 대신 해 나가면서 플루타르코 까예스가 걸었던 그 발자취를 따라가고 싶습니다."

"젊은 녀석이니 참신한 발상은 좋아. 하지만 역(逆)으로 미국이 군벌 지도자를 축출한다는 명분을 내세워 멕시코로 들어온다면?"

"그럴 수 없는 두 가지 이유가 있습니다."

"두 가지 이유가 있다. 그래, 그 두 가지 이유가 어떤 것인지 들어 보마."

"첫째로, 미국 내에 존재하는 수많은 마약 카르텔이 멕시코의 AMLO정부나 남미의 여러 부패한 정권과 결탁되어 있습니다. '멕시코 개입'이라는 좋지 않은 선례를 만들어놓으면 그들도 불안감을 느낄 것이고, 바로 윗선에 압력을 넣게 될 겁니다. 둘째로, 중공의 팽창주의를 비판하는 미국이 그와 똑같은 짓을 하게 되면 전 세계의 웃음거리로 전락할 것이기 때문입니다. 아프간에서 발을 뺀 지 얼마 되지도 않았는데 또 다른 개입을 자초할 이유가 전혀 없습니다."

"온두라스 바닷가 시골에서 자랐다는 녀석이 세상 보는 시야가 굉장히 넓어졌군. 하지만 너 혼자 치고 나가면 곤

란해. 당장 수우레나 노르떼가 가만히 있지 않을 거고, 바로 너를 견제할 거야. 그리고 네가 말하는 군벌시대가 도래하면 이미 조직체계가 서 있는 기존의 카르텔이 우위를 점하게 된다. 그럴 때는 어쩔 셈이냐?"

"줄타기를 해야지요. 말씀하신 것처럼 기존의 카르텔들은 강하지만, 서로 하나의 깃발 아래 뭉치지는 못합니다. 저는 그들 사이에서 힘을 키워 나갈 생각입니다."

"아주 계획이 잘 세워져 있군. 너 내가 생각하는 것보다, 밑에 애들을 많이 데리고 있지? 상당히 단시간에 어떻게 기반을 잡아 나갔냐?"

"앞서 말씀드린 대로 규율입니다. 규율만 제대로 세우고 규율을 어기는 것들에게 제대로 응징만 해주면, 조직은 저절로 굳건해집니다."

"개돼지들은 공포에 약해. 하지만 그런 공포로 너의 조직을 영원히 끌고 나갈 수는 없어. 풍선도 계속 누르다 보면 언젠가 터진다는 원리는 굳이 말해 주지 않아도 잘 알고 있을 거야."

"아무한테나 단호한 처단방식을 쓰는 것은 아닙니다. 약속을 지키지 않는 것들. 비밀을 누설한 것들. 조직을 배반한 것들. 이 세 가지 종류들은 인간이 아닌 동물로 취급하고 그 동물들의 말로가 어떠한지를 직접 보여 줘야, 조직의 규율이 제대로 잡히기 때문입니다."

"개인적인 호기심인데, 그런 기술은 네가 배워서 직접 하는 거냐. 아니면 외부에서 기술자를 고용하는 거냐."

"워낙 험하게 자라다 보니 간단한 기술 정도는 누가 가르쳐 주지 않아도 쓸 수 있고, 가끔 배신자들의 뿌리까지 파헤쳐야 할 경우에는 외부에서 기술자를 데려옵니다. 제가 직접 나서서 하다가 끝자락이 허무하게 풀려 버린 일이 생긴 이후부터, 기술자가 하는 대로 내버려 두지요."

"사람이 보지 말아야 할 것들을 어릴 때부터 너무 많이 보고 자란 모양이군, 마누엘. 그런 것들도 페소만큼이나 정신건강에 해롭지 않을까?"

"폐소는 제 조직에 아무런 도움이 되지 않지만, 배신자 처단은 제 조직을 점점 강건하게 만들어 줍니다. 오히려 제게는 즐거운 일입니다."

"그렇다면 아마 쿤크락에 대해서도 들어봤겠군."

"남편이 임신한 아내의 배를 가르고 태아를 꺼내 바짝 말린다는 캄보디아 이야기군요. 쿤크락은 '연기에 그을린 아이'라는 뜻이죠. 실제로 쿤크락을 지니고 있으면 정령이 그 사람을 보호해 준다는 미신 때문에 답 추온 같은 이사락 (註 : 크메르이사락의 줄임말. 캄보디아 자유투사라는 뜻을 가진 단체이며, 식민지 시절 프랑스 타도를 기치로 내걸고 태국 정부로부터 지원받던 캄보디아 무장 게릴라 집단이다) 지도자나, 누온 체아 같은 크메르루주 행동 대장들도 몇 개씩 몸에 지니고 다녔다는 것을 들어서 알고 있습니다. 캄보디아 사람들의 순진무구할 정도의 잔인함과 예측불가능성이 합쳐지면서, 공산주의자들이 꿈꾸는 환상에서나 존재할 법한 킬링필드를 현실에서 구현했다는 얘기 또한 알고 있습니다."

"이미 잘 알고 있으니 더 설명할 것도 없군. 가루와 여자는 너의 거래 대상이 될지언정, 너 스스로 가장 멀리하고 경계해야 할 존재들이다. 가루는 그렇다 치고, 여자는 품어 봤는가."

"타마울리파스에는 오직 여자만 거래하는 지역 갱단들도 있었습니다만, 저는 그때나 지금이나 별 관심 없습니다."

"코카인이나 암페타민처럼 신체가 전혀 반응하지 않는 거야?"

"천만에요. 다만 저 사람과 평생을 함께하겠다 싶은 여자는 지금껏 만난 적도 없고, 앞으로 만날 일도 없을 거라는 느낌이 듭니다."

"왜? 화류계의 창기나 작부들을 너무 많이 접하다 보니, 무리 전체가 더럽게 보이는가."

"딱히 그런 것은 아닙니다. 다만 남사는 모름지기 자신만의 영역을 구축해야 하고, 거기에 여자가 끼어들면 될 일도 되지 않는다고 봅니다."

"마누엘. 나 역시 많은 사람을 겪어 왔지만, 너는 확실히 너만의 해법이 독특한 녀석이야. 내가 뭘 가르치고 말고 할 것도 없이, 이미 너의 세계가 아주 굳건해. 자신이 무엇을 원하는지 정확히 파악하고 있으니 계속 나아가라, 원하는 것들은 네 손아귀로 자연스럽게 들어온다. 이제 왔던 길로 돌아가서 나를 편히 쉬게 해 주려무나. 그리고 더 이상 토멕이라는 이름을 찾지 말아다오."

모리츠 슐리크는
여전히 살아 있다

MORITZ SCHLICK,
PROTAGONIST DES WIENER KREISES,
WURDE AM 22. JUNI 1936
AN DIESER STELLE ERMORDET.
EIN DURCH RASSISMUS
UND INTOLERANZ
VERGIFTETES GEISTIGES KLIMA
HAT ZUR TAT BEIGETRAGEN.

지금의 빈 대학 경제학부 강의실로 가는 대리석 바닥에
는, 독일어로 다음과 같은 구절이 새겨져 있다.

Moritz Schlick

Protagonist des wiener kreises

Wurde am 22 Juni 1936

An dieser stelle ermordet

Ein durch Rassismus und Intoreleranze

Vergiftetes geistiges klima

Hat zur tat beigetragen

독일어를 모를 수도 있다. 그것은 잘못도 아니고, 부끄러
운 일도 아니다. 하지만 당신이 "말할 수 없는 것에 대해
서는 침묵해야 한다."는 명제를 들어보지 못했다면, 당신
은 저 너머에 있는 커다란 세계의 존재를 모른 채 그 세계
를 등지고 살아온 것이다. 물론 들어보지는 못했지만, 이
미 경험으로 체득한 사람도 있을 것이다.

모리츠 슐리크는 비엔나 서클(Wiener Kreis)의 창시자였

다. 비엔나 서클의 초창기에는 루돌프 카르나프, 오토 노이라트, 루트비히 비트겐슈타인, 한스 라이헨바흐가 있었다. 이들의 공통분모를 소위 논리실증주의 또는 논리경험주의라고 부른다. 앞서 소개한 "말할 수 없는 것에 대해서는 침묵해야 한다."는 명제는, 비트겐슈타인이 해묵은 형이상학과 (비판 자체를 받아들이지 않는 맹신에 가까운) 신학에 대해 따끔하게 지적한 것이다. 왜냐하면 그들에게 실제로 검증이 불가능한 명제는 의미가 없음을 뜻하기 때문이다.

비엔나 서클의 목표는, 난해한 언어로 되어 있어 접근하기 어렵던 철학을 현대 논리학의 도움을 얻어 과학적이고 사람들에게 쉽게 알려지는 철학으로 만드는 것이었다. 하지만 1936년 6월 모리츠 슐리크가 암살당한 후, 오스트리아에서의 비엔나 서클은 종말을 맞이하였다.

당시 비엔나 서클은 나치에 의해 탄압을 받았다. 나치의 반유대주의에 그들이 항거했기 때문이었다. 정치적인 탄압과 제2차 세계대전 직전의 혼란으로 인해, 비엔나 서클의 멤버들은 하나둘씩 영국이나 미국으로 망명을 떠났다.

하지만 모리츠 슐리크는 자신의 강의를 들으러 오는 제자들을 버리고 갈 수 없었다.

 1936년 6월 22일, 강의를 하러 계단을 오르던 그는, 요한 넬뵈크(Johann Nelböck)의 25구경 브라우닝 권총에 의해 가슴에 4발의 총탄을 맞아 암살되었다. 그가 살해된 바로 그 자리에, 모리츠 슐리크를 기리는 문구가 여전히 새겨져 있는 것이다. 유럽인들은 그것이 슬프고 부끄러운 역사일지라도 소중히 여기고 잘 보존한다.

 모리츠 슐리크의 대학 후배가 되는 그의 묘비는 엠덴에서 브레멘으로 가는 도로 위 어느 지점에 서 있다. 하지만 어디까지나 묘비일 뿐, 유해는 그가 생전 원했던 대로 베저 강(江)에 뿌려져 지금쯤 대서양 위를 떠다니고 있을 것이다.

누구도 그의 이름을 아는 사람은 없었다. 그가 빈 대학에 입학할 때 등록된 이름은 토마스 라이터(Thomas Reiter)였지만, 그 이름조차 벨라루스 출신의 하숙집 할머니께서 어린 시절 그에게 붙여 주신 것이었다.

알레나 할머니의 하숙집은 3층 집이었으며, 이 하숙집은 아직 토마스 라이터를 기리는 박물관으로 남아있다. 그가 살아 있을 때에, 하숙집의 1층은 주방 겸 식당과 할머니의 안방, 2층은 몇 개의 하숙방들, 3층은 토마스와 빈 대학 수리학부 친구들이 끝없이 토론하고 때로는 맥주를 마시며 젊음의 시간을 보내던 곳이었다.

알레나 할머니는 얼마든지 하숙생을 더 받을 수 있는 나이였지만, 토마스를 데려온 후로 할머니는 3층은 물론이고 2층의 방들마저 모두 비워 버렸다. 토마스는 그녀를 어머니 또는 성모님 또는 그 둘을 합친 존재라고 여겼고, 알레나 할머니는 그를 길 잃은 예수 또는 자신이 갖지 못한 아이 또는 그 둘을 합친 존재라고 여겼다.

제2차 세계대전이 터졌을 때 어린 소녀였던 알레나는 독일 군대가 소련을 향해 진군할 때에 아버지를 잃었고, 몇 년 후 소련 군대가 독일로 진군할 때에 가족이 모두 뿔뿔

이 흩어졌다. 그녀가 폴란드와 체코를 거쳐 빈에 정착할 즈음, 알레나의 나이는 이미 서른 살이 넘었다. 당시 독일어가 서툰 동유럽 출신의 비(非)전문직 여성이 할 수 있는 일은 매우 제한적이었다. 몸을 파는 매춘부가 되거나, 공장 또는 식당에서 (언어가 서투르니 테이블 서빙도 볼 수 없었다) 허드렛일을 하는 것. 신실한 알레나는 후자를 택했고, 10년 넘게 식당에서 일을 하며 배운 요리 솜씨만큼은 아주 탁월해졌다.

그렇게 빈의 '붉은 아파트' 지대를 떠나, 그녀만의 하숙집을 갖게 된 것은 알레나의 나이 50살이 넘어서였다. 로렌츠街(Laurenzgasse)에 자리한 알레나의 하숙집은 빈 중앙역이 가까이에 있었고, 지하철 한 번만 타면 환승할 필요 없이 구(舊) 빈 대학 캠퍼스와 그 자리에 위치한 빈 대학 도서관에 바로 도착할 수 있는 좋은 위치에 자리했기에 많은 대학생들이 선호했다.

알레나 할머니가 토마스를 '발견'한 날은 성 요한 축일인 6월 24일이었다. 빈 중앙역은 이미 북쪽으로 이전했지만, 옛 중앙역 자리에는 싸고 질 좋은 식료품들과 주방용품들을 구입할 수 있는 할인마트가 많았다. 그날도 알레나 할머니는 로렌츠街(Laurenzgasse)에서 버스를 타고 엘라흐街(Erlachgasse)에 있는 식료품 가게로 향했다. 여느 때와 같이, 헬무트 실크 공원에서 잠시 동안의 여유를 즐기며 화창한 하늘을 바라보고 있을 때였다. 공원 한 구석 벤치에 5살에서 6살 정도로 보이는 한 아이가 비스듬히 누워 있었다.

 어째서 공원 관리인은 이 어린아이가 엄마도 없이 저렇게 누워 있는 것을 그냥 내버려 두는 걸까. 잠깐 사이에, 나쁜 사람들이 데려가면 얼마나 다시 찾기 어려운데. 그런 걱정을 하며 알레나 아줌마는 그 아이에게 다가가 물었다.

"엄마는 어디 갔니?"

 누워 있던 아이는 흠칫 놀라며 일어났지만, 전혀 독일어를 못 알아듣는 것 같았다. 몇 번 더 비슷한 문장을 더 독일어로 물어보아도, 전혀 아이의 표정은 변하지 않았다.

"Où est ta mère?"

"Je ñ'ai pas maman."

아이는 아주 기본적인 프랑스어 정도만을 말할 수 있었다. 그것도 매우 축약된 구어체로. 공원관리인, 시청 직원. 어느 누구도 아이가 언제 어떻게 그곳에 왔는지, 또 누가 그곳에 아이를 버려두고 갔는지 알지 못했다. 당시에는 cctv라는 개념이 없던 시기였다.

만약 아이를 처음으로 발견한 사람이 알레나 할머니가 아니었다면, 아이는 최소한의 행정조치를 통해 고아원 비슷한 곳으로 보내졌을 것이다. 하지만 알레나 할머니는 버려진 그 아이에게서 어린 시절의 소녀 알레나를 보았다. 가족을 잃고 목적지도 없이, 공원이나 기차역에서 새우잠을 자던 알레나. 누구라도 그 소녀에게 손을 내밀어 주었다면, 소녀의 세상은 완전히 달라졌을 텐데.

그리하여 아이는 절차를 차근차근 밟아, 알레나 할머니가 법적 후견인이 되면서 정식으로 오스트리아 시민권을 취득하였다. 아이의 친엄마가 누구인지는 모르지만, 그녀는 맑고 투명하게 푸른 눈과 갈색이 섞여 있는 금발 머리를 아이에게 물려주었다. 하지만 아이는 알레나 할머니의 품에 안긴 지 한참 후에도, 자신의 어린 시절을 전혀 기억해 내지 못했다.

알레나 할머니가 만나 본 의사는 종종 '끔찍한 일'을 겪은 어린이가 아예 그 일 이전의 기억을 무의식적으로 삭제하는 경우가 있다고 그녀에게 말해 주었다. 과연 이 어린 아이에게 어떤 '끔찍한 일'이 있었던 걸까. 그렇게 당시의 알레나 아줌마가 나이를 먹어 알레나 할머니가 되는 동안에도, 의문은 여전히 풀리지 않았다.

아이는 초등교육을 전혀 받지 못한 듯했지만, 알레나 할머니는 아이가 대수학(代數學), 그중에서도 수론(數論)에 놀라울 정도의 재능을 가지고 있다는 느낌을 받았다. 복잡한 계산도 아예 종이를 쓰지 않았으며, 이웃에 살고 있던 한 교사는 알레나 할머니에게 아이가 비록 매우 어리지만 대수학(代數學)에 있어서는 마투라(matura, 한국에 비유하면 수능시험)를 통과하고 남을 정도의 재능을 갖고 있다고 알려 주었다.

초등학교에 해당하는 그룬트슐레 졸업장이 (당연히) 없었음에도, 알레나 할머니는 오스트리아 정부와 빈 시(市)의 여러 교육단체에 호소하여 몇 년 후 아이를 김나지움에 거우 등록시킬 수 있었다. 아이는 내성적이고 여전히 독일어를 말하는 데 서툴렀지만, 김나지움 생활에 잘 적응해 나갔다. 발견 당시에는 영양상태가 엉망에 가까워 건강이 몹시 좋지 못했지만, 알레나 할머니와 지내는 동안 아이는 건강을 완전히 회복했고 성장 속도 역시 놀라웠다. 마치 매달 3cm씩 키가 자라는 것처럼 알레나 할머니가 느낄 정도였다.

김나지움을 졸업하기도 전에, 토마스는 이미《페르마의 두 제곱수 정리(Fermat's theorem on sums of two squares)》와《라그랑주의 네 제곱수정리(Lagrange's four-square theorem)》의 증명을 완벽히 이해하는 수준에 이르렀다. 기하학에는 별로 흥미가 없어 보였지만, 수(數)를 대하는 순간만큼은 눈빛이 달라졌다.

그리하여 김나지움을 졸업할 무렵의 토마스는 187cm가 넘는 장신에, 미술을 좋아하는 청년이 되어 있었다. 빈 대학의 수리학부 교수들도 입학을 앞둔 토마스 라이터라는 이름의 젊은 학생이 과연 정수론의 해묵은 난제들을 풀어낼 가능성이 있는지를 놓고 이야기하기 시작했다.

알레나 할머니는 토마스가 평범한 삶을 살아가기보다 자신에게 주어진 번뜩이는 재능을 꽃피우며 살아가기를 원했다. 그것은 알레나 할머니 자신이 일생 단 한 번도 가져보지 못했던 기회였고, 누구보다 토마스가 그 기회를 받을 자격이 충분하다고 생각했다.

토마스는 당시 한참 주목받던 리만 가설이나 골드바흐 추측의 증명에 그다지 큰 관심을 두지 않았다. 아마 그가 아니라 누군가는 풀어낼 것이라고 생각했거나, 또는 그가 풀어낸다 할지라도 너무 많은 공격을 받을 것이라고 예상했을 것이다. 빈 대학 입학을 앞둔 토마스의 수학적 관심은 아드리앙 르장드르(Adrien Legendre)의 추측으로 집중되고 있었다.

르장드르의 추측은 사실 간단하다. 《연속하는 두 자연수의 제곱 사이에는 항상 소수가 존재한다.》는 것이다. 물론 초대형 컴퓨터로 계산하면 어마어마하게 큰 수까지 체크할 수 있지만, 토마스는 '대수학적 증명'이란 컴퓨터에 의해 이루어지는 것이 결코 아니라고 생각했다. 피타고라스의 정리를 증명하려면 컴퓨터는 물론이고 간단한 계산기조차 필요하지 않다. 기하학적 방법이든 대수학적 방법이든, 얼마든지 짧고 간결하게 피타고라스의 정리를 증명할 수 있지 않은가.

토마스가 학부를 마치고 대학원에 입학할 무렵, 러시아 페테르부르크에 살고 있는 한 은둔형 유대인 수학자가 《푸앵카레 추측》의 증명에 성공했다. 이는 앙리 푸앵카레가 처음 제기한 이래 100년 가까이 풀리지 않던 것으로, 토마스의 학문적 의욕을 한층 더 자극하기에 충분했다.

박사 과정을 밟고 있던 시기의 토마스는 세계의 여러 곳을 여행한 것으로 알려져 있다. 그의 미술작품들은 사후에 많이 발견되었는데, 오카야마 현립 미술관에 전시되어 있는 〈사슴과 여자〉는 오카야마 현립 쓰야마 고등학교 수학 동아리의 먼지더미 속에 묻혀 있던 것이다. 학교 경비원이 청소 중에 발견하여 무심코 버리려던 찰나, 해당 학교 미술교사가 예사롭지 않은 느낌을 받아 고증 전문가들에게 의뢰하여 하단에 새겨진 그의 서명(署名)이 확인된 작품이다. 토마스 라이터의 사후 작품들은 조각이든 데생이든 관계없이 2000만 엔에서 3000만 엔을 호가했으니, 그 경비원과 미술교사는 과연 얼마나 놀랐을까.

 토마스 라이터의 데생 작품들 중 가장 유명한 것을 꼽으라면 역시 빈 미술사 박물관에 보관되어 있는 〈더도 말고 덜도 말고〉와 〈작은 가위〉를 들 수 있다. 그의 작품은 종이에 연필로 그린 데생이거나 목탄화인 경우가 많지만, 뮌헨 피나코텍(Pinakothek)에 전시되어 있는 〈유려한 솜씨〉는 과슈를 쓴 작품이고, 아이치 현립 미술관에 전시되어 있는 〈등잔불〉은 파스텔과 목탄을 함께 쓴 것이다. 흔치 않은 그의 조각 작품으로는 〈붉은 탑〉이 코펜하겐의 뉘칼스버그 조각관에 전시되어 있다.

그가 일본 여행을 떠난 것은 다니야마 유타카(谷山 豊, 1927~1958)에 대한 오랜 존경심에서 시작되었다고 사람들은 추측한다. 다니야마는《페르마의 마지막 정리》를 1950년대에 이미 시무라 고로와 함께 풀어낸 바 있고 (註 : 다니야마의 이론을 토대로 한 완전한 증명은 1990년대 영국의 앤드류 와일즈에 의해 마무리된다) 무엇보다 그가 푹 빠져 있던 정수론을 전공한 선배라는 점이 크게 작용했을 것이다.

다니야마 유타카의 고향 사이타마 현에는 토마스 라이터의 흔적이 곳곳에 보인다. 사이타마 현립 미술관에는 그가 목탄으로 그린 〈다니야마 유타카의 초상〉이 전시되어 있으며, 사이타마 현립 코시가야 고등학교에도 다니야마 유타카로 추정되는 〈수학자의 초상〉 데생이 학교 별관의 수학 동아리방 벽에 걸려 있다. 토마스가 일본에 체류하는 동안 주로 고등학교의 수학 동아리를 방문했다는 점은 상당히 이채롭다. 당시에는 토마스 라이터가 누구인지 일본인들이 아예 알지도 못할 시기였고, 따라서 그의 활동 반경은 오히려 더 넓었으리라 짐작된다.

다시 수학계로 돌아온 그는 2007년에《크라메르 추측 (Cramér's conjecture)》에 관한 대수학적 증명을 완료했다. 이것은 아마 2003년 그리고리 페렐만이《푸앵카레 추측》을 풀어낸 데 대한 자신만의 대답이었을 것이다. 2008년에는 π가 초월수(超越數)인 동시에 정규수(Normal number)라는 가설이 참이라는 것을 증명해 냈다. (註 : 《페르마의 마지막 정리》 때와 유사한 논란이 있었으나, 토마스 라이터의 사후에 그의 빈 대학 수리학부 후배인 안드레아스 폴스터가 완벽하게 증명을 마쳤다.)

그러니 젊은 토마스 라이터 박사의 앞날에 왕복 8차선도로가 뚫려 있어 보이는 것도 무리는 아니었다. 하지만 토마스는 그리고리 페렐만이 2006년에 필즈상 수상을 거부했듯이, 중공계 수학자들의 부도덕함과 패거리 문화를 질타하며, 2010년도의 필즈상 수상을 거부했다. 도덕적으로 진실한 수학자들조차 더러운 부정과 언론플레이를 눈감아 주는 현실에 그리고리 페렐만이 좌절하고 주저앉았다면, 토마스 라이터는 좌절하는 대신 "수학계에 이런 중공 패거리 문화가 만연하는 한, 향후 수학의 발전은 기대조차 할 수조차 없다"는 발언으로, 거짓된 명성에 집착하는 그들에게 아주 직접적인 펀치를 날렸다.

 이것이 2011년 그의 급작스런 죽음에 중공의 배후가 있을 것이라는 의심을 낳게 된다. 토마스는 그해 가을, 브레멘 대학교의 교수로 재임하고 있었다. 10월 4일 오후에 있을 강의를 위해 엠덴에서 브레멘으로 향하던 중, 소위 '트레일러'라 불리는 대형 컨테이너 차량 측면과 그의 시트로엥 세단 앞쪽이 엄청난 속도로 충돌하였다. 시신은 아예 수습이 불가능할 정도였는데, 이는 나중에 토마스 라이터가 여전히 살아 있으며, 시트로엥 안에서 발견된 사체는 다른 사람이라는 신화 같은 괴담으로 이어진다.

 사고설이 아닌 타살설을 제기하는 쪽에서는, 애초에 시트로엥 운전자가 멀쩡한 정신으로 대형 트레일러를 들이받을 이유가 없다는 점을 지적한다. 당시 독일 경찰이 찍은 현장 사진들을 보면 사고를 유발한 트레일러의 차체는 비교적 멀쩡한데, 토마스가 몰던 시트로엥은 마치 찌그러진 햄버거처럼 트레일러에 박혀 있다. 도로에는 사고순간 주행 방식을 바꾼 흔적도 거의 남아 있지 않았다. 트레일러가 교차로를 당연히 통과할 것이라고 생각하고 시트로엥 운전자가 주행했다는 증거이다. 단 하나의 가설. 트레일러가 교차로를 통과하지 않고 신호가 바뀔 때까지 고의로 그 곳에 머무르면서, 주행 중이던 토마스의 시트로엥이 직진신호만 보고 그대로 다가오기를 기다렸다는 가설만이 당시의 현장 사진들과 부합한다.

헬무트 실크 공원에서 알레나 할머니에게 발견되기 전, 그가 언제 태어났는지 알고 있는 사람은 아무도 없었기에 그의 묘비명은 알레나 할머니가 지어 준 〈Thomas Reiter(1981~2011)〉가 되었다. 정수론의 대선배인 다니야마 유타카와 거의 같은 나이에 유명을 달리한 것이다.

다니야마 유타카가 살아 있었더라면 힐베르트의 23문제를 모두 해결불가한 문제와 해결 가능한 문제로 구별하고, 해결 가능한 문제들은 전부 증명해 냈을 거라는 평가와 마찬가지로. 그 역시 《골드바흐의 추측》과 같은 미해결 문제들을 뒤로 하고 그가 처음 떠나온 곳으로 돌아갔다.

태어나기는 했지만, 홀로 버려진 아이. 그 아이에게 무슨 일이 있었는지 우리는 알 수 없지만, 지금 그는 빈 대학 도서관(옛 빈 대학 본관건물)의 외벽에 학교 선배인 쿠르트 괴델을 비롯한 철학과 수학의 대가들과 더불어 반신상(半身像)으로 남아 있다.

그의 묘비는 엠덴에서 브레멘으로 가는 도로 위 사고지점에 여전히 서 있다. 하지만 어느 누구도 그의 진짜 이름을 아는 사람은 없었다. 베저 강(江)에서 대서양으로 자유로이 바람이 되어 떠나간 그 자신을 포함해서.

Sauber448

(1)

 어느 여름날, 햇살이 비치고 산의 나무들이 아름다운 초록을 빛내고 있었다. 448에게 땀이 뻘뻘 나는 (특히나 습도가 높은) 무더위는 너무나 고통스럽게 느껴졌다. 그가 시장(市長)이었다면 비상명령을 선포해서라도 남쪽에 위치한 이름 없는 언덕배기 산을 몽땅 밀어 버렸을 것이다. 그 산이 여름에 남쪽에서 불어오는 한 줄기 시원한 바람조차 허용하지 않고 도시를 철벽처럼 막아버리기 때문이다.

 가끔씩 디지털 온도계가 42℃를 가리키는 경우도 있다. 도무지 사실이라고 믿지 못하는 친구들에게, 448은 직접 찍은 온도계의 사진을 직접 전송해 주기도 한다. 물론 하루 종일 42℃인 날은 없겠지만, 숨조차 마음대로 쉴 수 없을 만큼의 고통스러운 무더위가 기승을 부리고 있는 것만은 분명하다.

 448은 레모네이드 한 잔을 마시면서, 친구인 교구사제 212를 만나러 가 볼까 생각했다. 그의 아내가 긴 투병생활 끝에 세상을 떠났을 때에도 그는 아내의 장례미사를

212에게 부탁했고, 때때로 일상적인 대화를 나누기 위해서도 사제관을 찾아갔다. 하지만 지금 당장은 212를 만날 마음이 들지 않았다. 아직 계엄이 해제되지 않은 상황에서, 밤을 훌쩍 넘긴 시각에 바깥을 돌아다니는 것은 위험하게 느껴졌다.

거리는 여전히 경찰들의 손아귀에 있다. 1995년과 같은 대규모 시위가 벌어지는 것이 두려운 모양이다. 창가에서 내려다보니 거리는 조용했고, 아파트 앞 경비실에는 꾸벅꾸벅 졸고 있는 야간 경비원이 보였다. 나무와 나무 사이에는 현수막이 걸려 있었다. 밤이라 글씨까지 읽을 수는 없었지만 "고려의 위대한 지도자 차지철 만세" 같은 구호임이 뻔했다. 차지철 총통이 친히 만든 〈민족의 찬가〉나 그와 비슷한 노래들은 이제 유행가보다 더 자주 불리고 있다.

448이 고등학생이었고 삶을 빛나는 미래로 생각했던 시절, 음악은 그의 가슴을 움직이는 단 하나의 무엇이었다. 학교에서 매년 열리는 축제에서, 그가 부드럽고 낮은 음색으로 노래하는 동안 모든 여학생들은 숨을 죽이고 그의 음성에 귀를 기울였다. 몇몇은 상당히 열광적이었다. 늘

씬한 키에 약간은 냉소적으로 보이지만, 사격부 주장이자 항상 문학작품을 가방에 넣고 다니면서 틈틈이 꺼내 읽던 그는 20세기 소녀들의 감성을 자극하기에 충분했다.

고등학생 시절, 448이 가장 좋아하는 책은 프랑수아 모리악의 작품들이었다. 모리악의 감수성이 배어있는 진지한 인본주의는 그가 추구하던 바와 일치했다. 프랑수아 모리악의 소설은 자신이 태어난 보르도를 배경으로 신의 은총을 받지 못한 사람들의 세계와 그 세계의 비참함을 주로 다루는데, 448은 무엇보다 어린 시절에 처음 접한 모리악의 묘비명에 아주 깊은 울림을 느꼈다.

《인생은 의미 있는 것이다.
행선지가 있으며, 가치가 있다.

단 하나의 괴로움도
헛되지 않으며,

한 방울의 눈물, 한 방울의 피도
그냥 버려지는 것이 아니다.》

(2)

944가 긴 머리카락을 휘날리며 카페 테이블 앞에 앉았다. 448은 그녀를 처음 본 날, 어깨가 약간 드러나는 밝은 색깔의 원피스를 그녀가 입고 있었다고 기억한다. 그리고 또래의 다른 여자들에게서 풍기던 지독한 악취처럼 짙은 향수 냄새 대신에, 아주 약하지만 은은한 향기를 느꼈다.

"361의 친구라기에, 당연히 차지철 청년대에 소속되어 있으신 줄 알았어요. 그런데 그 사람들이 달고 다니는 배지가 없는 걸 보니 차지철 청년대 소속이 아니신가 봐요."

"아, 저는 정치에 관심이 별로 없고, 정치에 광적으로 탐닉하는 사람에게도 관심이 없습니다."

"만일 그대가 선량한 고려 국민이라면, 차지철 청년대에 가입하라~"

"맞습니다. 그 문장이 그들의 슬로건이죠."

"361은 대학을 졸업하면 바로 언론사의 기자가 되겠다고 말했어요. 361과는 소년 시절부터 친구였다죠?"

"네. 361은 저보다 훨씬 정치적이고 야심이 큰 친구랍니다. 사실 저는 문학이나 음악에 대해 이야기하고 싶은데, 요즘은 시절이 시절인지라 다들 정치에만 미쳐 있으니 꽤나 답답하군요. 하지만 361처럼 정치를 좋아하는 친구들은 요즘 살 판 난 듯이 즐거울 테지요."

"대학신문의 문화면을 담당하고 계시다면서요?"

"검열이 심해서 제가 뭘 특별히 따로 쓰는 것은 없고, 그저 외국 문학이나 외국 작가들을 신문에 소개하는 정도입니다."

"그래요? 최근에 소개한 작가는 누구인가요?"

"조르쥬 베르나노스.《사탄의 태양 아래(Sous le soleil de satan)》라는 책을 쓴 작가인데."

"처음 들어요. 이름을 들어보니, 프랑스 작가?"

"네. 38살에 처음 저 작품을 쓰고 본격적으로 작가의 길에 들어선 사람입니다."

"38살이 되기 전에는 뭘 하고 살았나요?"

"보험회사 조사관으로 일하면서 틈틈이 글을 쓴 걸로 압니다."

"훌륭한 사람이네요. 사실 뛰어난 재능은 있지만 생계 때문에 작품을 쓸 시간이 없거나, 아니면 우리가 모르는 다른 이유들로 작품이 묻힐 수밖에 없는 운명을 타고 나면, 끝내 무명으로 남게 되는 작가들이 많지요?"

"한 인간으로서 시대를 초월하는 예술가가 되느냐 그렇지 못하느냐가 어디에 달려 있는지는, 저도 솔직히 잘 모르겠습니다."

"그렇군요. 요즘 같은 계엄 하에서는 문화면에서조차 실을 수 없는 기사들이 많을 것 같아요."

"검열이 워낙 심하니까요. 하지만 361은 차지철 청년대 소속인데다, 그 친구가 추구하는 방향은 지금 내각의 방향과 거의 일치하니까 만약 언론사 기자가 되면 아주 신나서 글을 쓸 겁니다."

"제가 아는 유일한 프랑스 작가는 기 드 모파상이에요. 《진주목걸이》는 교과서에도 실려 있을 정도잖아요."

"아. 《목걸이(La Parure)》를 말씀하시는 거로군요. 사실 그 작품 속의 목걸이는 진주 목걸이가 아니라 다이아몬드 목걸이입니다. 아마 맨 처음에 번역되어 들어왔을 때 제목을 잘못 지었거나, 아니면 교과서에 잘못된 이름으로 수록된 것이 그대로 남았겠지요. 모파상은 환상소설이나 괴기소설도 꽤 많이 썼던 편입니다. 실제로 생애 후반부에는 육체와 정신의 병이 심해져서, 병원에 갇힌 채로 무척 가난하고 외롭게 죽었지만."

448은 944에게서 가벼운 외국 억양을 들었다. 수도인 강평에서는 대부분의 여자들이 원래부터 타고난 억센 사투리를 쓰거나, 너무나 허술하게 옛 경성 지방의 사투리를 흉내 낸다. 후자의 경우에는 아주 웃음이 나올 정도이다. 그래서인지 944의 억양은 더욱 448의 호기심을 끌었다.

"왜 그러세요?"

"혹시 부모님 중에 외국 분이 계신가요."

"아, 그건 아니에요. 아버지가 1960년대 중반에 파독 광부로 독일에 가셨고 저는 거기서 태어났어요. 제가 국민학교에 입학할 쯤에 아버님과 가족들이 모두 귀국했는데, 그래서인지 친구들도 제 억양을 갖고 놀릴 때가 있었어요."

"그런 것들이 상처가 되지는 않았나요? 뭐랄까, 아주 어린 아이들은 때때로 어른보다 더 잔인할 때가 있으니까."

"전혀요. 독일에서도 대부분 집에서는 가족들과 한국말을 쓰고 지냈고, 친구들이 가끔 놀린다는 것도 아주 고약한 놀림이 아니라 그저 웃으면서 넘어가는 정도였어요."

"독일은 여기와 비교하면, 문화나 사회가 많이 다르죠?"

"사실 별로 많이 기억나지 않아요. 제게 독일에 있었던 시절은 너무 어렸을 때였고, 저희 가족들은 여행도 많이 다니지 않아 주로 집 근처에서 지냈기 때문에 특별히 다른지는 잘 모르겠어요."

"361과 같은 강경파 친구들은 서독이 1990년 통일 과정에서 동독 마르크와 서독 마르크를 1:1로 교환해 준 것에 대해, 이해할 수 없다는 태도를 보이지요. 1993년에 우리가 새 헌법을 선포하며 연방제를 확립하면서, 당시 북쪽 연방의 조선은행권과 우리가 쓰던 한국은행권 사이의 태환 비율을 400:1로 설정해 준 것조차도 우리 쪽이 너무 많이 양보했다고 생각하는 친구들이니까요."

"이런 얘기들을 해도 괜찮은가요?"

"뭐, 정부를 비판하는 것도 아니고. 사전검열이 있어서 자유로운 표현이 어렵다고 해도, 남녀 간의 대화까지 간섭할 수는 없겠죠."

"남녀 간의 대화?"

"그랬으면 좋겠네요."

(3)

 448이 그렇게 예전을 회상하던 순간, 식당 안으로 231이
빠르게 들어왔다. 식당 안 주변을 이리저리 살피면서 448
에게 다가온 231은 아주 낡고 닳은 운동화에 하얀 반팔정
장 와이셔츠를 입고 있었다. 겉으로는 전혀 어울리지 않
는 복장 같았지만, 231은 그런 것 따위에 얽매이는 녀석
이 아니다.

"위험에 빠진 것 같습니다."

 이미 테이블에 2인분의 덮밥을 주문해 놓은 상태여서,
231은 한 그릇을 허겁지겁 먹기 시작했다. 배가 고프지
않았던 448은 자기 그릇의 덮밥까지 231의 앞으로 슬쩍
밀어 주었다.

"자네 하는 일이야 늘 위험하지. 그런데 이번에는 무슨
위험인가?"

 231은 첫 그릇을 비우고 나서 다음 그릇을 비우기 시작

했다. 엄청난 속도였지만, 231이 하고 있는 일을 생각하면 식사를 제대로 챙겨먹기란 불가능할 것이라고 448은 생각했다.

"끄나풀들이 붙었어요. 제가 무기명으로 쓴 칼럼이 검열에 걸리고 나서부터, 누가 됐든 한 놈은 꼭 제가 가는 곳마다 따라다닙니다."

그때, 486은 예전의 대학 시절처럼 한바탕 강의를 늘어놓을 뻔했다.

정부의 유형에는 공화정, 군주정, 전제정, 세 가지가 있고, 공화정은 다시 민주정과 귀족정으로 나눌 수 있다고. 민주정은 주권이 다수의 국민에게 있고, 귀족정은 주권이 소수의 귀족들에게 있는데, 지금의 이 나라는 그 어느 쪽도 아니지만 굳이 말하자면 비교적 귀족정에 가깝다고.

어찌 됐든 공화정에서 불평등이 점점 커지면, 국가 운영에서 완전히 소외된 사람들에게서 국가에 대한 주인의식이 사라지고. 그렇게 되면 사람들이 헌법을 존중하지도 국가를 위해 헌신하지도 않게 되기 때문에, 결국 이 나라가 구시대적인 전제정으로 다시 회귀한 것이라고.

전제정을 유지하는 원리는 기본적으로 공포인데, 공화정과 군주정이 그나마 법에 근거한 온건한 정부 유형이라면 전제정은 그것조차 무시하는 과격한 정부 유형이라고. 하지만 떼법이 헌법보다도 강력한 이 민족의 특성을 감안할 때, 더 이상 사회에 떼법이 자리잡지 못하게 하려면 차라리 지금과 같은 전제정이 훨씬 낫지 않겠느냐고.

이런 생각을 하는 사이, 231은 무려 두 사람 분의 덮밥을 다 먹어치웠다. 아마 한동안 식사라고는 전혀 하지 못한 모양이다.

"택시 한 대만 잡아 주십시오. 놈들이 분명 따라붙을 겁니다."

"그건 어렵지 않지. 헌데 내가 택시를 잡아 주고 끄나풀들

을 잠시 따돌린다고 근본적인 문제가 해결되나? 어차피
자네가 리스트에 올랐다면 다시 놈들이 붙는 건 자명한
일 아닌가."

"오후 3시에 만날 사람이 있어요. 그 사람까지 노출되면
끝장입니다."

"나는 자네 편도 아니고, *끄나풀* 편도 아닐세. 정치라면
아예 멀리한 지도 오래됐고. 자네는 내가 노출되는 것은
걱정도 안 되나?"

"왜 그러십니까. 선생님은 대학 시절부터 옳은 것은 옳고
그른 것은 그르다고 말할 수 있어야 제대로 된 사회라고
저희한테 가르쳐 주시지 않았습니까. 저도 그런 사회를
만들기 위해서 이러고 있는 겁니다."

"지금 나는 대학의 선생도 뭣도 아니야. 그 말은 내가 위
험을 무릅쓰고 자네의 열광적인 투쟁에 뛰어들 처지가 아
니라는 뜻이네."

"이 나라는 끔찍합니다. 겉으로는 부강해 보이지만, 속은 썩어 들어가고 있어요. 지금이 어떤 시대인데, 20세기 공산주의 국가들처럼 비밀경찰이 존재합니까. 선생님도 다 알고 계시죠."

"알고 있으니까 이러는 거지. 자네 계속 이런 식으로 나를 이용해 먹을 생각이라면 더 이상 찾아오지 말게. 나는 홀아비인데다 이젠 젊지도 않고 일 때문에 바빠. 알겠나?"

"선생님 아내분께서 이른 나이에 돌아가신 일은 저도 마찬가지로 슬픕니다. 하지만 제가 선생님을 뒷구멍으로 이용해 먹거나 할 놈처럼 보인다면, 그게 더 슬픕니다. 택시는 그냥 알아서 잡겠습니다. 말씀하신 것처럼 놈들은 어차피 다시 붙으러 올 테니까요." 231은 잽싸게 일어나 밖으로 빠져나갔다.

448은 마치 비겁자가 된 것처럼 느꼈다. 그러나 동시에 231에게도 화가 치밀었다. 녀석은 내 돈으로 덮밥 2인분을 쳐 먹고 고맙다는 한마디 없이, 오히려 내게 은근슬쩍한 모금의 죄책감을 안겨 주고 달아나지 않았는가.

(4)

다음 날 448은 친구이자 사제인 212 신부를 만나러 갔다. 212 또한 361과 마찬가지로 448에게는 소년 시절부터의 친구이지만, 212는 361과 비교하면 전혀 다른 길을 걸어 갔다. 448이 361의 빈자리를 채우러 신문사로 복직했다면, 반대로 212는 361이 메꾸어 줄 수 없던 영혼의 빈자리를 채워 주고 있는 셈이다.

"아. 어서 들어오게. 오늘은 무슨 일이 있어 찾아왔는가."

"뭐 꼭 특별한 일이 있어서라기보다, 요즘 같은 시국에 자네 말고는 가슴을 털어놓고 이야기를 나눌 상대가 없지 않은가."

"그래? 자네는 특별히 딱지가 붙은 불순분자도 아니고, 평범하게 대학 교수로 지내다가 361이 내각으로 들어가면서 자연스레 신문사 편집국장으로 복직한 사람인데 뭘 그렇게 두려워하나."

"두려워하는 게 아니야. 조심해서 나쁠 게 없으니까. 곳곳에 끄나풀들이 돌아다녀."

"요즘도 231처럼 위험한 불순분자들을 만나고 다니나?"

"한때나마 내가 정성들여 가르쳤던 제자라서 어쩔 수 없네. 나는 내가 신앙심 깊은 가톨릭 신자이며 교회의 가르침을 언제나 마음에 새기고 살아왔다고 생각한 적은 단한 번도 없네. 하지만 내 친구인 자네가 가톨릭 사제이기 때문에 어느 정도는 교회를 존중하고 있지. 지금의 성당과 그 조직의 위계질서는 예전의 위풍당당하던 차지철 청년대와 별로 다르지 않지만."

"교회나 성당을 가고 싶어도, 신앙의 자유가 없어서 갈 수없었던 사람들도 많네. 당장 북쪽 연방의 사람들이 1991년 이전에는 그랬고. 당시에 김일성/김정일 치하에서 살던 사람들은 교회 아니라 무슨 집회를 열기만 해도 바로 총살형을 당하거나 정치범 수용소로 끌려갔으니까. 그에비교하면, 지금의 교회는 자유롭지 않은가."

"그래. 자유로운 교회라지만, 자네들 역시 투아리비 전투에 참전했다는 이유로 정부와 군인들을 비난하는 231과 같은 아이들을 소위 '불순분자'라고 지칭하면서 멀리하고 있지."

"투아리비 전투는 무엇보다 미군과의 합동 작전이었고, 우리 고려 국민들은 어디까지나 군인 장병들의 헌신으로 매일의 일상을 중공의 위협과 북괴 잔당의 위협으로부터 안전하게 보호받으며 살아가고 있네. 강력한 군대 없이, 이 나라가 여기까지 올 수 있었다고 생각하는가."

"그 점은 동의하네. 하지만 231과 같은 젊은 아이들에겐 부정과 불의가 훨씬 더 눈에 잘 들어온다는 사실을 명심하게. 어린 친구들은 지금의 우리와 아예 생각하는 방식이 달라. 1965년 일본과 대일청구권 협상을 마무리하면서 국가 대 국가로 동등하게 수교를 하겠다고 발표했을 때 얼마나 큰 학생데모가 일어났었나? 혈기왕성한 젊은 이들은 그보다 별것 아닌 일에도 언제든지 커다란 불덩어리로 변할 수 있다네."

"제정신 박힌 젊은이들은 단 한 명도 그런 시위에 가담하지 않았다고 보는데. 게다가 지금 우리는 하나의 반(反)국가단체를 연방이라는 이름으로 힘겹게 끌고 가는 중이고, 또 하나의 국가와는 말 그대로 전쟁 중이네. 그 국가는 공산주의 이념과 모택동 숭배 정신으로 무장한 14억 명의 인구와 커다란 땅덩어리를 보유한 국가일세."

"그렇긴 하지. 자네 요즘도 '옛 영토를 수복하기 위한 우리의 뜨거운 함성, 서해 바다 끝에 울려 퍼지리~♪'라는 노래를 부르고 다니나."

"사제로서 교우들에게 크게 권장할 노래는 아니지만, 개인적으로 예전부터 좋아하는 노래니까."

"그나마 '내 베레모를 주오. 내 총을 주오. 나는 들판에 핀 꽃들보다 더 많은 괴뢰군들을 죽이리라~♪'보다는 조금 더 평화적이군. 투아리비 전투는 이번 북벌전쟁과 비교하면 빙산의 일각에 불과해. 여전히 전선이 교착 상태에 있는데, 북벌전쟁 역시 시간이 지나면 지날수록 더 많은 젊은이들이 희생될 거야."

"이봐. 중공이 1969년 3월의 중소 국경분쟁에서 하얼빈과 흑룡강성(省) 전체를 당시의 소련에게 내어줄 거라고 누가 생각이나 했었나? 그놈들은 문화대혁명이니 대약진운동이니, 모택동 숭배에만 열중하면서 자멸의 길로 들어섰어. 결국 그들이 자랑하던 홍군은 완전히 얼이 빠진 상태로 소련에 헛손질만 하다가 참패했었지. 게다가 모택동 사후에 화국봉과 섭검영이 이름뿐인 주석 자리를 차례로 지냈지만, 그 이후로 각지의 군벌들이 발호해서 사실상 지금 중공 정부의 직접적인 통치가 이뤄지는 곳은 하북성(河北省)을 포함한 동지나해 연안의 고작 아홉 개 성(省)이 전부가 아닌가? 중공 놈들이 예전의 원세개, 장개석, 풍옥상, 장작림 등이 설치고 다니던 군벌 시절로 돌아간 뿌리는 섭검영 시대나 지금 시대가 아니라, 이미 1969년 3월부터였다고 생각하네. 나는 고려의 용맹한 젊은이들이 우리의 옛 영토를 회복하리라는 데에 한 치의 의심도 없어."

(5)

막사를 지키는 중공군 대부분은 소년 홍위병이거나 노인이었다. 노인들은 이가 없어서 침을 질질 흘리는, 무식쟁이 농부들이었다. 정규 군인들에게서 챙긴 구식 무기를 들고, 지휘관들이 이리로 가라면 이리로 가고 저리로 가라면 저리로 가는 정도에 불과했다.

540은 징집당한 것이 아니었다. 그는 전쟁에 참가하고 싶었다. 전쟁이 끝나고 고향에 가면 엄청난 전쟁영웅이 되어 있을 거라고, 여자들도 그에게 달려들어 꺅꺅 소리를 지를 거라고, 그렇게 믿고 싶었다. 그는 0912 출신이었고 얼굴도 지지리 못생긴 편이었다. 그러니 이런 기회가 아니면, 여자들이 달라붙을 일은 평생에 없을 것이라고 생각했다. 540은 머릿속에서 스승인 448에게 편지를 쓰고 있었다. 자신은 살아 있고 건강하니까 걱정하시지 말라고. 전쟁은 이제 거의 끝나간다고. 그렇게 전하고 싶었다.

하지만 540은 정작 중공군이 포로들에게 담요를 나누어줄 때, 진료소에 잠시 갔었다는 이유로 아무것도 받지 못한 채 막사 안에서 덜덜 떨고 있었다. 함께 진료소에 갔던 병사들 역시, 예상치 못한 여름밤의 추위에 몸이 굳어 갔다. 막사 안에 있던 포로들 중 나이 많은 한 사람이, 540을 비롯한 전우들에게 말하기 시작했다.

"자부심을 포기하면 죽게 됩니다. 중공 놈들도 당당하게 대하는 포로에게는 함부로 하지 못하지만, 빌빌 기는 포로들은 그냥 벌레처럼 죽여 버립니다. 지난번 투아리비 전투에서 포로가 되었던 전우들도 당당히 가슴을 펴고 그렇게 버텼습니다. 이곳에 갇혀 있는 우리를 구하기 위해, 해군이 상륙작전을 준비하고 있으며 공군도 상륙지점에 대한 폭격을 시작했다고 합니다. 우리는 그 지원군이 올 때까지 고려의 군인이라는 자부심을 가지고 당당하게 버텨 나가야 합니다."

막사 안에는 침상들과 수도꼭지 하나가 있었다. 막사 뒤는 변소였는데, 말이 변소지 그저 가로막 아래에 빈 통들이 여러 개 놓여 있을 뿐이었다. 540은 막사에 갇히고 사흘 정도 후에, 러시아군 한 명이 공개적으로 교수형에 처해지는 것을 목격했다. 단지 중공 여자와 떡을 친 것이 사형의 죄목이었다. 이전에 연해주라고 불리던, 지금의 러시아 극동관구 출신의 러시아인은 그렇게 목이 졸려 서서히 죽어갔다.

1969년 3월의 전쟁 이후 흑룡강은 공식적으로 아무르 강(江)이 되었으며, 작은 도시 하얼빈은 러시아 극동관구의 수도가 되었다. 아무르 강(江)은 세계 8위의 긴 강이지만, 동아시아의 추운 벌판에 위치한다는 이유로 서방세계의 누구도 주목하지 않는다. 이번 전쟁에서 우리가 러시아의 도움을 바란 것은 아니었지만, 분명 그들이 한 숟가락 얹고 싶어 한 것만큼은 사실이었다.

공용취사장으로 가는 길에, 540과 또 다른 병사 한 명은 수레마다 짐을 싣고 걸어가는 농부들을 보았다. 아마도 수레 안에는 시체가 들어 있는 것 같았다. 막사 주위는 고려 공군의 폭격기가 올까봐 중공의 홍군과 현지 중공인들이 밤마다 등화관제를 실시하고 있어서, 저녁인데도 깜깜한 밤처럼 바로 앞이 잘 안 보일 정도였다.

취사장의 중공인들은 고려말을 할 줄 알았다. 그러나 540을 비롯한 포로들은 놈들이 어떤 말을 주고받는지 전혀 알 수 없었다. 한 쪽은 다른 쪽의 정보를 모두 도청할 수 있는데, 다른 쪽은 전혀 그럴 수 없으니 매우 불공평한 싸움이라고 540은 생각했다. 그러나 전쟁이란 원래가 불공평에서 출발하는 것이다.

잠시 후에 공습 사이렌이 울려 퍼졌다. 중공인들과 포로들은 모두 자신들의 거처와 막사 안으로 피신했다. 적어도 그날 밤에는 고려 공군의 지원이 없었다고 540은 기억했다.

(6)

 780은 애초부터 총통의 지시가 현실과는 큰 괴리가 있다는 것을 파악한, 몇 안 되는 야전 지휘관이었다. 북경은 물론이거니와, 북경과 직선거리로 100km 정도 떨어져 있는 천진(天津)까지도 모두 미군과의 조율 없이 우리 마음대로 건드려서는 안 되는 지역이었다.

 그렇게 본다면 진격할 수 있는 최종적인 목표는 남쪽으로 당산(唐山), 북쪽으로는 승덕(承德) 정도일 것이다. 이미 동쪽에서는 러시아군이 하얼빈에서 출발하여 중공의 홍군을 장춘(長春)과 길림(吉林)에서 몰아내고, 기세를 몰아 고려8군단이 임시 거점으로 삼고 있었던 서평(西平) 방면으로 진격을 계속하고 있었다.

 가장 큰 문제는 대련(大连)과 영구(營口) 남쪽 방면에서 포위된 고려8군단 산하 요하사단 소속의 3개 중대였다. 그들은 단동(丹東)에서부터 계속 해안을 따라 서쪽으로 진군하다가, 홍군이 영구(營口) 지역에서 임시로 편성한

현지의 중공군에게 역으로 포위되어, 지금은 완전히 요동
반도의 작은 삼각형에 갇히게 되었다.

 공군이 제공권을 장악하고 상륙지점을 초토화하기 전에
그들을 구출하기란 불가능해. 780에게 중공의 홍군은 무
섭지 않았다. 다만 언제든지 상비군으로 돌변할 수 있는,
엄청나게 많은 숫자의 현지 중공인들이 문제였다. 이들은
베트남전에서 베트콩 스파이들이 그랬던 것처럼, 자신들
에게 익숙한 지리를 이용하여 얼마든지 우리를 곤란에 빠
뜨릴 수 있는 잠재적인 저격수들이었다.

 보급 역시 큰 문제였다. 총통은 단동(丹東)에서 북경(北
京)까지 한달음에 진격할 수 있을 듯이 큰소리를 쳤지만,
당장 임시거점에서 조금 벗어나도 1주 이상의 보급은 기
대하기 어려운 상황이었다. 후방에서 진격해오는 러시아
군 역시 현지 수탈을 기본 병침으로 하고 있는 놈들이라,
보급에 도움은커녕 방해만 될 뿐인 존재였다.

'전쟁은 놀이가 아닌데, 총통은 이 전쟁을 마치 놀이처럼 가볍게 보고 있어.' 780은 미국의 자세에 대해서도 의문을 갖고 있었다. 지난번 투아리비 전투 때는 미군이 앞장서서 나서고 우리가 뒤에서 도와주는 그림이었다면, 이번에는 우리가 앞장서서 나서고 미군이 도와주는 그림이 되어야 한다. 하지만 지금까지 보여 준 미국의 지원은, 고작 몇 척의 함대를 서해 쪽으로 보내 중공이 서해를 통해 요동반도로 병력이나 물자를 수송하는 것을 억제하는 정도에 불과했다.

애초에 총통이 말했던, 해안을 따라 육로로 진격해서 대련(大连)을 빠른 시간 내에 함락시킨다는 목표가 현실적으로 불가능한 목표였다. 오히려 요하사단의 3개 중대원들은 그 좁은 전선에서 기동하다가 대부분은 포위되었고 일부는 홍군의 포로가 되었다. 비교적 북쪽에 있는 고려5군단은 모르고 있겠지만, 남쪽 전선에서 요하 서쪽을 두 번이나 공격했던 고려8군단은 홍군의 저항에 좀처럼 전진하지 못하고 있는데다가 탄약과 식량보급에 상당한 부담을 느끼고 있었다.

20세기에 모택동의 홍군이 장개석의 국민군에게 최후의 승리를 거둘 수 있었던 것도, 결국은 현지의 농부들이 몰래 홍군을 돕고 국민군의 등에 칼을 꽂았기 때문이었다. 보급 없이, 승리는 없어. 홍군보다 더 무서운 존재는 바로 저 무식쟁이 농부들이야.

780은 대학 시절 친구였던 448이 들려준 이야기를 떠올렸다. "명분 없는 전쟁이라도 무리해서 싸우면 이길 수는 있네. 다만 싸우는 사람이 왜 싸우는지조차 모르고 싸운다면, 그건 이미 싸움도 뭣도 아니야."

그의 친구 448은 불순분자가 아니라 오히려 6769 출신이니 마음만 먹으면 얼마든지 내각이나 더 높은 자리에 한 발짝 걸쳐 놓을 수 있었지만, 옳은 것과 그른 것을 항상 분간하는 습관이 있었다. 비록 그것이 448의 출세를 가로 막는다고 할지라도.

(7)

 육/해/공(해병대 포함)을 막론하고 군대 어디에나 448의 친구들은 있었지만, 특히 공군에 많은 편이었다. 448의 중학교 동창이며 1년간은 같은 반에서 친하게 지낸 325의 경우, 진급이 매우 빨라 차기 공군참모총장 감으로 꼽히고 있다. 448과 마찬가지로 6769 출신인데다, 과묵하지만 일처리 하나는 칼 같다는 평을 받고 있어 공군 수뇌부에서는 계속 325를 키워 주고 있다.

 지금 전선에서 들려오는 정보는 그다지 희망적이지 않다. 고려5군단은 아직까지 크게 곤란을 겪고 있지 않는 듯하지만, 공군이나 해군의 도움 없이는 육로로 탈출할 길이 없어 보일 정도로 요동반도에 완전히 갇혀 버린 고려8군단 요하사단 일부 병사들에 대한 기사는 아직까지 국내언론은 물론 세계의 어느 언론에서도 나오고 있지 않다. 전 세계가 러시아의 서진(西進)이 어디에서 멈출지, 오직 그것만 궁금해하고 있다. 448에게는 231처럼 반정부적인 제자도 있지만, 540처럼 도저히 자신의 꿈을 펼칠 형편이 못 되어서 말단 사병으로 지원한 제자도 있었다.

448은 자원병으로 입대한 540이 고려8군단에 들어간 것
까지는 알고 있었지만, 540이 요하사단에 배속되었는지
아닌지는 알지 못했다.

540은 거의 인간쓰레기 취급을 받는다는 0912 출신이었
는데, 신분상 거의 북괴 출신과 다름 없었다. 남자라면 그
어떤 부모도 사위 삼기를 꺼려하고, 여자라면 그 어떤 부
모도 며느리 삼기를 꺼려하는, 신분제의 밑바닥인 것이
다. 헌법과 법률이 정한 바에 따라, 6769 출신 성인 남성
은 언제나 총기 휴대가 가능하고 필요시에 발포까지 할
수 있는 사실상의 즉결심판 면허를 갖고 있는 것과 비교
하면 천지 차이였다. 하지만 448과 그의 아내 944는 "모든
사람들을 평등하게 배려하고 그들에게 관대하라"는 원칙
아래서 살아왔다. 따라서 그에게는 231 같은 제자나, 540
같은 제자나, 모두 같은 제자였다.

448은 아내가 그리워질 때면, 항상 아내와 함께 찍은 사
진들을 꺼내 보곤 했다. 연상이었지만 아내는 죽는 그 순
간까지도 448에게 함부로 말을 놓지 않았다. 속이 깊은
여자였다. 448이 통일전쟁 직후의 혼란한 시기에 중심을

잡고 흔들리지 않을 수 있었던 것도, 944가 그의 아내라는 자리를 튼튼하게 지켜 준 덕분이었다.

김정일이 지하 벙커에서 자살하면서, 1991년의 통일전쟁은 단 27일 만에 끝났다. 하지만 1995년 광주의 연방의회 의사당에서 북괴 김일성/김정일 잔당의 지령을 받은 테러리스트에게 당시의 내각수반이 암살당하며 국가가 시위와 대혼란에 빠졌을 때, 아내는 448에게 어떠한 보복행위에 가담해서도 안 된다고 거듭 약속을 시켰다. 그는 그 약속을 아내가 떠나는 날까지 굳게 지켰다. 심지어 그녀가 세상을 떠난 뒤로도.

(8)

"지난번에는 죄송했습니다. 며칠 밤을 못 잔 데다가, 예의를 차릴 아무런 겨를이 없었습니다."

"괜찮네. 자넨 어쩌다 그랬겠지만, 아예 기질적으로 상대방을 화나게 하는 사람들도 많아. 모두가 제대로 된 교육의 부재 때문일세."

"그날 저와 만난 이후에, 저쪽의 누군가가 붙지는 않았습니까?"

"저쪽이라면 정보부와 비밀경찰을 말하나?"

"한번 들어가면 결코 살아서 나오지 못하고, 생식기에 전극이 끼워져서 극한의 고문을 당하다가 운이 나쁘면 의료용 실험재료로 쓰이거나 운이 좋으면 담뱃불 지진 자국으로 얼룩진 시체가 되어 어딘가로 실려 나가는 곳을 말합니다."

"거의 폐허가 된 경성에 아직 중앙정보부 건물이 있다고 들었지. 나도 거기에 대해서는 여러 경로를 통해 알고 있네. 자네는 이 나라 고려에 북괴를 추종하는 잔당들과 중공을 숭배하는 극렬한 공산주의 테러리스트들이 많아지면 많아질수록, 스위스나 독일의 제약회사 주가가 올라간다는 사실을 알고 있나?"

"증권이나 주식에 대해서 저는 잘 모릅니다. 하지만 왜 그런지는 짐작이 가는군요."

"알아 두면 좋을 걸세. 돈도 별로 없는 처지의 자네더러 증권에 투자하라는 얘기가 아니야. 세상 돌아가는 것은 다 연결이 되어 있다는 뜻이지. 마치 풍선의 한 쪽을 누르면 다른 한 쪽이 튀어나오는 것과 같은 이치라네."

"그런 중앙정보부의 주요 건물들이 왜 지금의 수도 강평이 아니라, 옛 수도였던 경성에 있는지는 선생님도 모르실 테지요."

"거기가 훨씬 더 보안에 철저하겠지. 1976년 전쟁에서 장

사정포 세례를 맞고 비록 도시의 기능은 완전히 상실했지만, 500년 전에 조선왕조의 도읍이 되기 전부터 경성은 북쪽의 높은 산들과 남쪽의 한강으로 둘러싸인 요새나 마찬가지였네. 그리고 강평같이 수준 높은 도시에 정보부 같은 혐오시설을 들여온다고 치면, 강평 시민들과 강평에 지점을 두고 사업을 하는 수많은 외국 기업들이 잠자코 가만히 있겠는가?"

"가끔 선생님께서는 중세 시대의 수도사처럼 차분하고 정권에 충실한 보수주의자처럼 느껴지다가도, 어떨 때는 오히려 저보다 훨씬 더 냉소적인 무정부주의자처럼 느껴지기도 합니다."

"사람의 양면성이지. 한 쪽만이 옳다고 믿고, 그 믿음에 의심 한 번 가져 보지 않고 무조건 행동부터 하는 것이 세상에서 가장 위험하다고 나는 생각하네. 전극을 꽂는 사람도, 전극이 꽂히는 사람도, 모두 다 자신의 믿음만이 옳다고 여기면서 한 쪽만을 바라보기 때문이야."

"오늘 잠에서 깨어 보니, 봉투가 열린 편지들이 침대 옆

책상 위에 놓여 있기에 읽어 봤지요. 허락을 받았어야 하
는데 죄송합니다."

"그래, 무슨 편지들을 읽어 보았고, 읽어 보니 느낌이 어
떻던가?"

"하나는 어떤 사제에게서 온 편지였고, 다른 하나는 저처
럼 선생님의 제자에게서 온 편지였습니다. 앞의 것은 잘
기억이 나지 않지만, 뒤의 것은 또렷이 기억납니다. 북벌
전쟁에 자진해서 병사로 참전한다는 그런 내용이었지요."

"자네, 이번 전쟁도 투아리비 전투와 마찬가지의 시각으
로 보고 있나."

"명분 없는 전쟁이라고 생각했습니다. 하지만 그 편지는
뭔가 저한테 또 다른 느낌을 주더군요. 저와 비슷한 나이
에 출신도 아마 0912처럼 보이는 누군가에게는 이 전쟁이
꼭 필요했다는, 그런 묘한 느낌이 들었습니다."

"소위 '자네 쪽'에서 들려오는 정보는 없나? 이번 전쟁에

대해."

"전 세계가 러시아가 어느 정도까지 진격할 것인지에 대해서만 광적으로 집착하고 있고, 사실에 입각한 뉴스는 거의 없더군요. 저와 같이 선생님의 제자였던 그 친구도 아마 요동반도에 갇혀 있지 않을까 걱정됩니다. 중공의 홍군은 무자비한 놈들이거든요. 저는 총통 밑에서 까불고 다니는 돼지새끼들이 미운 것일 뿐이지, 제 친구가 홍군에게 붙잡혀서 놈들의 오줌세례를 받고 있다면 그게 더 참을 수 없을 것 같습니다."

"깨끗한 전쟁은 어디에도 없네. 1976년의 전쟁도 김일성의 지시를 받은 괴뢰군들이 살아 있는 UN군 대위의 머리를 도끼로 갈라 죽이면서 시작되었고, 1991년의 통일전쟁 역시 김정일의 지시로 설치된 폭탄이 버마 아웅산 묘소에서 터지고 우리나라의 대통령이 서거하면서 시작되었지. 두 전쟁 모두 우리가 당했기 때문에 복수를 해 줘야 한다는 뚜렷한 대의명분이 있었지만, 그 과정에서는 온갖 종류의 죽음들이 있었을 걸세."

"일단 저희 쪽에서도 요동반도에 갇혀 있는 전우들이 구출되기 전까지는 반(反)정부활동을 자제할 생각입니다. 그리고 저를 비롯한 많은 사람들이 적어도 북벌전쟁 중에는 지금의 정부에 힘을 실어주자는 뜻으로 모이고 있습니다."

"반가운 얘기로군. 위기 때에는 항상 힘을 합하는 것, 그게 어찌 보면 우리가 보낼 수 있는 최대한의 지원이 아니겠나. 오늘은 해가 졌으니 자네도 움직이지 말고 여기서 쉬게. 진부한 표현이지만 내일은 내일의 태양이 뜰 테니까."

(9)

540은 홍군의 지시대로 머리 위로 두 손을 얹고 어딘가로 걸어가고 있었다. 뙤약볕이 내려쬐는 무더운 여름날, 요하사단 3중대의 다른 포로들 역시 마찬가지로 그와 걸어가고 있었다. 540의 눈에서는 땀인지 눈물인지 모를 무언가가 아까부터 계속 흘러내리고 있었는데, 발에서 느껴지는 극심한 고통 때문이었다.

홍군들이 서로 요하사단의 포로를 인계할 동안, 3중대 일행은 앞서 붙잡힌 7중대 일부 전우들을 보았다. 그들 역시 홍군들의 가래침 세례를 받고 발로 차이는 굴욕을 당하면서 남서쪽으로 끌려가는 중이었다. 중공의 홍군이라고 불러 주기에도 급이 낮은 놈들은 대개가 현지 농부들이었는데, 쏠 줄도 모르는 기관총의 탄띠를 마치 채찍처럼 휘두르며 아주 마음껏 자신들의 가학적인 기쁨을 만끽하고 있었다.

"똑바로 거르래! 똑바로 걷지 못하간!"

238

고려말을 제법 할 줄 하는 몇몇이 오르막을 걸으면서 휘청거리는 포로들에게 사정없이 발길질을 가했다. 어쩌면 저것들 중에는 1991년의 통일전쟁 와중에 중공으로 튀어버린 김일성/김정일 왕조의 열혈 추종자들이 있을지도 모른다. 아니, 틀림없이 있을 것이다.

 분대가 잠시 걸음을 멈추었다. 3중대 포로들 중에는 이미 폐렴에 걸린 사람이 있었다. 열이 높았고, 말을 제대로 하지 못하는 것으로 보아 현기증에 시달리는 듯 보였다. 그 사람은 더 이상 걸을 수 없을 것 같았다.

"이봐! 항생제 없나? 사람이 죽어 간다고."

 540은 고려말을 할 줄 아는 홍군에게 크게 소리쳤다. 홍군들은 철모에 배설을 하고, 철모는 포로들에게 건네지고, 포로들은 취사장에서 조금 떨어진 곳에 버렸다. 그 장면 어디쯤에 과연 인간이 있었을까.

"거기 너. 이 기침 소리 안 들려? 다 알아듣고 있으면서 왜 말이 없어?"

확실히 숨을 들이마실 때마다 허파가 퍼덕거릴 정도로 그 사람의 호흡은 좋지 않았다. 중공의 홍군들은 자기네 편할 때는 고려말을 지껄이다가, 알아듣고 나서 할 말이 없거나 대답하기 싫을 때는 중공말로 욕설을 퍼부었다. 540에게 그들은 단지 음식이 들어가고 대소변이 나오는 어떤 기괴한 생물체였다. 그가 도저히 이해할 수 없는 다른 세계에 존재하는.

"교대로 이 사람을 지킵시다. 적어도 시신만큼은 보전해서, 나중에 지원군이 오면 이 사람 가족들한테 보내야 될 거 아닙니까."

"지원군? 이보슈. 지금 우리는 계속 알지도 못하는 남서쪽으로 끌려가고 있고, 온다던 공군도 해군도 심지어 우리가 소속된 고려8군단도 감감 무소식이오. 게다가 이 사람 뼈에 금덩어리가 박혀 있으면 모르되, 저 개만도 못한 놈들이 시신을 곱게 보전해 줄 것 같소?"

"우리가 개라면 몰라도, 우리는 아직 사람이니까. 사람이면 사람답게 행동해야지 않겠냐는 말입니다. 황무지나 다름없는 여기에다가 이 사람을 버리고 가면, 한참 동안 고통만 받다가 죽을 것이 불 보듯 뻔한데. 절대 그렇게 내버려 둘 수는 없습니다."

"말은 옳소만, 어쩌자는 거요?"

"적어도 나는 여기에서 이 사람 숨이 붙어 있을 때까지 함께 있겠습니다. 무장해제를 당하는 바람에, 고통 없이 죽여 주고 싶어도 못 하는 것이 그저 원통할 뿐. 저것들이 뭐라고 하든 간에, 내 두 다리는 결국 내 것이니 로봇처럼 억지로 조종하지는 못하지. 끝까지 항생제나 기침약을 안 주면, 나도 여기서 같이 죽든가 아니면 우리 고려군에게 구출되든가. 어쨌든 둘 중에 하나겠지요." 540이 결연한 목소리로 말했다.

(10)

애초에 병력 지원에 필요한 수송능력은 지금의 3배나 4배 정도였을 것이다. 그것도 단동(丹東)에서 대련(大連)까지 직선거리로의 계산이고, 해안선과 도로는 직선이 아니라 굽어져 있다. 병참감은 필요하다면 해군에 의한 수송도 그때그때 즉시 가능하다고 큰소리쳤지만, 780과 같은 베테랑 지휘관의 귀에는 그저 헛소리에 불과했다.

대련(大連) 방면으로 증파되었던, 임시 편성된 홍군의 규모만도 상당하다. 통일전쟁이 끝난 후 중공과의 해양 경계선 문제는, 북괴가 중공과 유지하고 있던 경계선을 수정 없이 그대로 유지하는 것으로 결론 난 바 있었다. 그러니 거기에서 무려 수십 수백 km나 떨어진 대련 항(港)에 몇천 톤 혹은 몇만 톤의 보급물자를 그때그때 바로 하역하겠다는 발상 자체가 허무맹랑한 환상이라고 780은 생각했다.

보급물자를 하역할 항만도 없고, 공군 또한 하염없이 기다려야만 하는 우리의 요하사단 병력들에게 탈출구가 있기는 한 것일까. 780의 머리에 떠오르는 한 가지 방법은 후방의 임시거점 심양(瀋陽)에 주둔하고 있는 고려8군단의 기갑사단들이 탱크로 밀고 나가 겹겹이 둘러싼 홍군의 포위망을 뚫어내는 방법. 오로지 그뿐이었다.

 총통의 북벌계획이니 뭐니 하는 것도, 총통의 비위를 맞추는 데에 혈안이 되어 있는 중앙정보부 놈들 멋대로 육군이나 해군과의 조율 없이 설계한 것이겠지. 군(軍)에서 작전을 한 번이라도 수행해 본 야전 사령관이라면, 이런 전쟁에 엄청난 보급과 수송이 필요하다는 점을 말하지 않아도 잘 알고 있었을 것이다.

 과도하게 늘어진 병참선이 잘리자마자 바로 역(逆)포위가 시작되었다. 전쟁 전에 총통이 호언장담한 것처럼 홍군을 서해 바다로 몰아넣기는커녕, 지금은 완전 반대의 상황이 되지 않았는가.

 780의 기도가 통했는지, 8월이 되자 심양(瀋陽)에 주둔하고 있던 고려8군단 산하 3개의 기갑사단들이 요하 남쪽의 반금(盘锦), 청수진(清水镇), 영구(营口) 방면으로 진격하기 시작했다. 8월 작전의 목적은 홍군의 포위망을 뚫어내 요동반도에 갇혀 있는 요하사단과 합류하는 것이었다. 그렇게 되면 급히 징발하여 임시 편성된 현지의 홍군을 제압할 수 있기에, 오히려 놈들의 사기를 꺾고 와해 상태까지 몰고 가게 된다.

그러나 이 시나리오는 반드시 해군과 공군의 지원을 전제로 해야 했다. 해군이 본국에서부터 대련(大连)까지 유류와 탄약 및 전투식량 등 보급물자를 수송하고, 그 수송선을 공군이 호위해 주어야만 이 작전이 가능한 것이다. 이미 공군은 8월 3일 영구(营口) 남단의 홍군 막사지역을 집중 폭격한 바 있었는데, 해군의 상륙지점을 확보하기 위함이었다.

8월 4일, 780이 이끄는 제34보병여단이 서과(四棵) 언덕에 숨어 있던 홍군 부대를 겨냥하여 본격적인 공격을 개시했다. 서과(四棵)는 반금(盘锦) 방면으로 기갑사단이 이동하려면 반드시 지나야 하는 낮은 언덕이었다. 고려8군단 산하 포병대대들이 야포로 인정사정없이 언덕배기를 강타하는 동안, 780 휘하의 병력들은 전선을 빠르게

돌파했다. 중공의 홍군은 막대한 피해를 입고 자신들의
본거지인 반금(盘锦)으로 후퇴하면서 둘레가 대략 6km
넘는 이름 모를 저수지의 둑을 폭파시켰다. 요하의 수위
를 조금이라도 높여서, 우리의 기갑사단이 요하를 넘어오
게끔 공병대가 임시 교량으로 만들 부교(浮橋) 건설을 어
떻게든 저지하려는 의도였다.

고려8군단은 원래 8월 6일 반금(盘锦) 방면에 총공격을
개시할 예정이었으나, 억수같이 쏟아지는 폭우로 인해 당
일의 계획을 연기했다. 그러는 동안, 저수지 폭파와 강수
량의 증가로 요하의 수위는 계속 높아지고 있었다. 하지
만 8월 7일 다시 반금(盘锦) 남쪽의 청수진(清水镇)을 목
표로 고려8군단의 제26보병여단과 제21기계화여단은 맹
렬한 공세를 가하여, 청수진(清水镇)의 홍군을 궤멸 직전
까지 몰고 갔다.

운명의 날은 8월 9일이었다. 고려8군단 산하 제1기갑사
단이 오전에 드디어 반금(盘锦) 시내를 장악했고, 여세를
몰아 제27보병여단이 오후에 청수진(清水镇)을 완전히
함락시켰다.

———

중공 정부는 현지에 있는 18세에서 55세 사이의 모든 남녀에게 총동원령을 내렸지만, 그것은 단지 기만적인 제스처에 불과했다. 홍군의 잔당들은 군복에서 사복으로 갈아입고 어딘가로 도망쳐 버렸다. 고려8군단은 다음 날인 8월 10일 남쪽 영구(營口) 방면으로 진격하기 시작했다. 영구(營口)까지 기갑사단이 진출한다면, 우리의 요하사단을 포위하고 있는 홍군의 수비가 뚫리게 된다. 그야말로 첫 관문이 열리는 것이다.

때를 같이하여, 철령(鐵嶺)에 주둔하고 있던 고려5군단도 움직이기 시작했다. 고려8군단이 전선의 남쪽을 맡는 동안, 고려5군단은 전선의 북쪽을 맡고 있었다. 작전의 최종적인 목표는 적봉(赤峰)을 넘어, 당산(唐山)과 승덕(承德)을 탈환하는 것이었다. 지리적 방어선인 노합하(老哈河)를 건너기 위해서는, 하천과 접해있는 환동(獾洞)과 장무(彰武). 두 지점을 장악하는 것이 중요했다.

고려5군단은 각각 6개 대대로 구성된 4개의 보병여단을 거느리고 있었고, 여기에 포병여단이나 보병여단에 포함되지 않은 11개 대대가 산악중대와 의무중대, 공병대 등으로 구성되어 있었으니 적게 잡아도 21,000명 정도의 병력이었다.

8월 7일 새벽 무렵부터, 환동(獾洞)에 대한 제13포병여단의 공격이 시작되었다. 포병의 지원 속에 고려5군단은 제41보병여단을 필두로 환동(獾洞) 시내에 진입하기 시작했다. 8월 6일에 내린 폭우와 지독한 악천후로 인해 가시거리가 무척 짧았지만, 홍군은 고려군이 어느 방향에 있는지조차 인식하지 못한 채 무모하게 뛰쳐나가다가, 나무들 사이에서 기다리고 있던 제41보병여단 산하 기관총 중대의 집중사격으로 병력의 절반 이상을 잃었다. 홍군은 정오에 퇴각명령을 내렸고, 8월 7일 오후 2시경 환동(獾洞)은 완전히 고려5군단의 품 안으로 들어왔다.

환동(獾洞)을 탈환한 후에도, 고려5군단은 패주하는 홍군을 따라 북서쪽으로의 추격을 멈추지 않았다. 그리고 노합하(老哈河)를 건너기 위해 필수적으로 점령해야 하는 장무(彰武) 공방전이 8월 8일부터 시작되었다. 8월 9일 오전, 홍군은 고려군에게 반격을 가하기 위해, 장무(彰武) 남쪽으로 고물 전차들을 몰고 내려오며 달리는 전차 안에서 바깥으로 무작정 포를 쏘아댔다. 그러나 방어할 만한 진지도 없이, 사방이 탁 트인 벌판에서 정면으로 고려5군단의 기갑사단들과 맞붙는 것은 사실상 자살행위였다.

 사흘 전에 내린 엄청난 폭우로 인해 흙길이 군데군데 물을 잔뜩 머금고 있다는 점을 간과한 홍군이 전진하는 동안, 서서히 느려지는 그들의 고물 전차들을 기다리던 제15포병여단의 공격이 불을 뿜었다. 보병들 또는 전차에서 급히 내린 탈주병들에게는, 제34기계화여단의 화염방사기 공격과 중기관총 세례가 기다리고 있었다.

 진흙길에서 멈춰 버린 홍군 전차들은 그대로 노획되었고, 홍군 병력들은 다시 후퇴하여 장무(彰武) 시내로 돌아가 저지선을 구축했다. 부교(浮橋)를 설치할 공병대가 작업을 시작한지 나흘이 지난 8월 13일 오후, 기갑사단이 노합하(老哈河)를 건널 수 있는 철골 구조물이 완성되었다.

 이미 장무(彰武) 시내에 있던 홍군들마저 무단으로 대거 탈영하는 추태를 보이면서, 장무(彰武) 공방전의 승부는 점점 고려5군단 쪽으로 기울어져 가고 있었다. 남아 있던 홍군은 8월 16일 오전 노합하(老哈河)에 설치된 부교(浮橋)를 폭파하려는 최후의 시도를 했지만, 이미 그들을 기다리고 있던 고려5군단 직속 산악중대에 의해 병력만 허무하게 잃었을 뿐 공병대가 설치한 부교(浮橋)는 아무런 손상도 입지 않았다.

 오히려 그로 인해 장무(彰武) 시내 동쪽의 허술하던 방어선이 수비진의 병력 부족으로 완전히 무너지면서, 8월 16일 오후 3시경 고려5군단 산하 제2기갑사단이 맨 먼저 장무(彰武)에 입성했다. 퇴각할 병력조차 부족했던 홍군은, 시내를 지키던 이백 명 정도가 전원 투항하면서 장무(彰武) 공방전은 그 막을 내렸다.

 이틀 후인 8월 18일, 고려5군단의 모든 병력은 적봉(赤峰)을 임시거점으로 삼게 되었다. 이제 서쪽으로 향하는 길이 완전히 열린 것이다. 노합하(老哈河)가 제압된 이상 고려5군단의 진격을 막을만한 지리적인 방어선은 전혀 없었고 8월 21일에 승덕(承德)이, 8월 23일에 당산(唐山)이, 각각 고려 5군단 산하 제1기갑사단과 제33보병여단에 의해 아무런 저항 없이 탈환되었다. 그와 동시에 고려군은 전쟁 이후 처음으로 동경117도(東經117度)선 서쪽까지 점령할 수 있었다. 고려5군단의 서쪽으로 가장 돌출된 지점은 북경에서 불과 100km도 떨어지지 않은 곳이었다.

마찬가지로 남쪽 전선에서도 반금(盘锦)을 장악한 고려8군단이 영구(营口)로 퇴각하는 홍군 잔당들을 계속 추격하여, 8월 13일 정오 무렵 제1기갑사단과 제3기갑사단이 나란히 영구(营口) 시내에 진입했다. 이제 공군이 호위하는 군수지원함이 충분한 보급지원만 해 준다면, 전황은 지금까지와 완전히 달라질 것이다. 오히려 중공의 홍군을 요동반도에 묶어두고 고려8군단 전체가 해안선을 타고 북경으로 진격하는 것도 가능해진다. 호로도(葫蘆島)와 진황도(秦皇島). 요녕성(遼寧省)의 항구 도시 두 곳도 8월 14일에 모두 고려8군단에게 차례로 탈환되었다.

나폴레옹은 이런 말을 했었다. "전쟁은 결정적인 지점에 최대한의 부대를 집중시키는 쪽이 이긴다." 지금 전선에서 가장 결정적인 지점은 어디일까. 그리고 우리에게 과연 최대한의 부대를 집중시킬 역량 있는 지휘관들은 얼마나 있을까.

 연락병이 도착하자, 780은 448에게 자필로 쓴 편지를 연락병에게 건넸다. 그 편지가 과연 언제 448의 손에 들려질지는 모르지만, 그 전까지 우리가 요동반도에 갇혀 있는 3개 중대와 중공의 홍군에 붙잡힌 포로들을 구해 낼 수 있으면 좋겠는데. 780은 말없이 기도했다.

(11)

448이 중학교에 입학한 다음 해에, 모택동이 사망하고 화국봉이 뒤를 이었다. 그 다음 해에는 레오니드 브레즈네프가 사망하고 유리 안드로포프가 뒤를 이었다. 당시 448에게 그러한 부고들은 구(舊)체제가 끝나고 신(新)체제가 들어설 것이라는 느낌을 품게 하였고, 실제로 공산권 국가들의 체제는 그 몇 년 후에 모두 붕괴되었다.

1991년의 통일전쟁이 한 달도 걸리지 않아 끝날 수 있었던 것도, 버마에서 일어난 테러에 전 세계가 거센 분노로 대응했기 때문이었다. 또한 문화대혁명과 대약진운동으로 인해 국력이 극도로 쇠약해진 중공과 러시아(소비에트 연방이 해체될 무렵이었다)의 암묵적인 동의가 있었다. 김정일은 최소한 자기 가족만큼은 중공 또는 소련으로 망명할 수 있으리라 생각했지만, 그러한 기대조차 무너졌고 결국 벙커에서의 일가족 자살이라는 마무리로 끝나고 말았다.

이미 1976년의 전쟁에 따른 결과로 인해 국방력과 승부의 추는 기울어져 있었고, 그렇게 차츰 벌어져 가는 격차를 따라잡지 못해, 타국의 독립영웅이 잠들어 있는 기념비적인 곳에서 폭발과 암살이라는 무리한 테러를 벌인 것이 결국 김일성/김정일 왕조의 자멸을 가져왔다. 통일전쟁의 종전 직후 일부 과격파들에 의해 벌어졌던 복수극은, 통일전쟁이 고려군의 단독 작전이 아닌 미군과의 연합 작전이었다는 면에서 어쩌면 충분히 막을 수 있지 않았을까 라고 448은 생각했다.

삼익우(三益友)는 정직한 사람, 성실한 사람, 보고 들은 것이 많은 사람이다. 448에게는 항상 친구들이 많았다. 그중에서 삼익우를 꼽으라면 정직함에 있어서는 212가, 성실함에 있어서는 780이, 보고들은 것이 많음에 있어서는 361이 월등했다. 그리하여 정직한 212는 사제가 되었고, 성실한 780은 군인이 되었으며, 식견이 풍부한 361은 정부의 관료가 되었다.

448은 대학생활을 떠올렸다. 짧다면 짧고 길다면 긴 기간 동안, 국가는 독일이 그랬던 것처럼 통일 후유증으로 시달리고 있었다. 중앙정보부장이던 차지철이 권력의 공백을 틈타 총통 자리에 올라 집권을 시작했고, 북쪽에서는 UN하의 임시 군정이 끝나면서 겉으로는 2개의 나라가 붙은 연방제가 실시되었다. 하지만 사실상 북쪽 연방은 전쟁 이전의 기아와 전쟁 그 자체로 인해 이미 인구가 대폭 줄어 있었고, 남아 있던 자들마저 "김일성/김정일 왕조를 정신병적으로 추종하던 북괴 출신"이라는 꼬리표를 달고 있었다.

448은 그때나 지금이나 정치에 휘말리고 싶은 생각은 없었다. 새로운 헌법이 발표되어 국호가 "Republic of Korea"에서 "Korea"로 바뀌었을 때에도, 통화개혁이 단행되어 100원이 1고려달러로 바뀌고 1원이 1고려센트로 바뀌었을 때에도, 그는 변화에 적응하며 살아왔다. 아니, 변화를 적절히 이용한 때도 있었다.

하지만 어떤 변화도 아내 없이는 아무런 의미를 가질 수 없었다. 아내는 결혼 직후부터 본격적으로 병마와 싸우기 시작했다. 싸움의 결과가 거의 정해져 갈 때쯤까지, 그녀는 오랜 시간을 버티어냈다. 서른일곱의 나이에 저 하늘의 별이 되어, 그의 곁에서 사라져 갔다는 사실을 448은 한참 동안 받아들일 수 없었다. 아니, 어쩌면 그녀는 별이 되었기에 항상 내 곁에 있을 수 있는지도 몰라. 문득 눈물이 고이는 것을 깨닫고 그는 다시 고개를 밖으로 돌려 안개가 낀 듯 몹시 어두운 밤하늘을 올려 보았다.

(12)

안개가 걷히자 아침의 태양이 드러났다. 그러나 여전히 하늘은 뿌옇게 느껴진다. 이런 현상은 근본적으로 중공 정부의 대기오염정책이 바뀌지 않는 한, 앞으로도 계속될 것이다.

아침식사를 준비하는 편이 낫겠다고 448이 생각하는 순간, 231이 거실로 들어왔다. 어젯밤에는 꽤 피곤한 듯 보였던 231의 얼굴이 매우 상기되어 있었다. 흥분된 목소리로 231은 말했다.

"선생님, 총통이 결국 미국의 조언대로 북벌전쟁을 마무리하겠다고 합니다. 언론에는 오늘 저녁이나 내일 아침에야 나오겠지만, 저희 쪽에서 입수한 정보인 만큼 확실합니다."

"북벌전쟁을 마무리한다? 일에는 항상 마무리가 중요하지. 그래, 어떤 조건으로 전쟁을 끝낸다고 하던가."

"미국은 투아리비 전투로 얻은 동지나해(東支那海)의 제해권과 해남성(海南省)의 점유권을 중공과의 국제 조약을 통해 완전히 인정받기를 원합니다. 중공 정부는 포로로 잡힌 고려 제8군단 소속 병사들과 러시아군 병사들을 전원 석방하되, 그 대가로 고려군과 러시아군이 더 이상 서쪽으로의 진격을 하지 않겠다는 불가침 조약을 원하고 있습니다. 아마 육상 경계선은 동경 118도(東經 118度) 선이나 동경 119도 선이 세로 방향으로 그어질 국경이 될 것 같고, 해상 경계선 역시 발해만을 가로지르는 당산(唐山) - 위해(威海) 라인이 유력합니다."

"총통도 어느 정도는 기분을 낼 수 있겠군. 물론 처음에 호언장담한 정도까지는 아니지만, 최소한 요녕성(遼寧省) 전역과 만주의 서쪽 지역은 회복했으니까. 그러면 공개적인 언론보도가 나갈 때쯤에, 국지적인 전투나 상대 포로에 대한 일체의 적대행위는 모두 끝나는 것인가?"

"중공 놈들은 원체 믿을 수 없으니 일단 포로석방의 시기가 중요합니다. '선 조약. 후 석방'은 우리도 미국도 결코 받아들이지 않기로 합의했다고 들었습니다. 지금 억류되

어 있는 요하사단 소속 병사들의 전원 석방이 있은 후에
야, 조약을 체결하겠다는 입장입니다."

"다행이야. 정말 다행이야. 그런데 이번 전쟁에 숟가락만
얹자고 들어간 러시아는 거의 무혈로 점령한 장춘(長春)
시와 길림(吉林)시에 그냥 눌러앉겠다는 심산이겠지."

"이미 중공의 홍군에게는 러시아에게 점령당한 도시들을
탈환할 방법이 없습니다. 당장 동경 117도(東經 117度)
선조차 지키지 못하고 서쪽으로 후퇴만 하고 있는 상태를
보면, 사실상 장춘(長春)과 길림(吉林)은 이후로도 러시
아가 점유하는 것으로 봐야 할 것 같습니다."

"결국 피는 우리가 잔뜩 흘리고, 미국과 러시아만 이득을
톡톡히 챙기는 셈이로군. 특히 러시아는 〈하얼빈 - 장춘 -
길림〉이라는 만주 동쪽지역을 확보하게 되었으니 호박이
넝쿨째 굴러 온 것 아닌가. 하긴 그게 세상 돌아가는 이치
라면 이치겠지. 얼마 전에 육군에 있는 내 친구 780에게
서 편지가 왔어. 한번 읽어 보겠나?"

"지휘관으로 현재 북벌전쟁에 참여하시고 계시다는 친구 분 말씀입니까? 당연히 바로 읽어 보고 싶습니다. 어떤 내용들입니까."

"내가 다행이라고 한 데는 인도주의적인 감상뿐만 아니라, 우리 군대가 더 이상은 보급 없이 버티지 못할 거라고 780이 편지로 전해 주었기 때문이야. 국내의 언론은 검열을 하더라도, 한 치의 시각을 다투는 연락병이 육군 수뇌부에 있는 지휘관의 편지를 걸러 낼 여유가 없지. 더 이상 본국으로부터의 보급이 지체되면, 고립된 지가 오래된 요하사단 병사들부터 얼마 지나지 않아 차례차례 굶어죽게 생겼고. 이미 고려5군단과 고려8군단 본부 내에서도 유류와 보급품의 부족이 심각하다는 내용이었어."

(13)

'No hay espacio mas ancho que el dolor, no
hay universo como aquel que sangra.
-Pablo Neruda-'

'고통보다 넓은 공간은 없고,
피 흘리는 그 고통에 견줄 만한 우주는 없다.
-파블로 네루다-'

448이 네루다를 접한 것은 그가 대학교를 졸업하고 대학
원에 입학한 해인 1994년 영화 〈일 포스티노(Il Postino)〉
를 통해서였다. 그 영화의 주인공 우편배달부 역을 맡은
마시모 트로이지는 작품의 모든 장면을 촬영하고, 단 12
시간 후에 지병이던 심장병으로 세상을 떠났다. 그야말로
영화 같은 삶이었다.

더 이상 삶이 찬란하게 빛나는 미래만은 아니었던 시절
에도, 음악은 늘 그의 제일 가까운 친구였다. 음악은 여전
히 가슴을 움직이는 무엇이었다. 448은 아내에게 청혼하

는 자리에서 흔히 〈전원교향곡〉이라고 알려져 있는 베토벤의 〈교향곡 6번 바장조, 작품번호 68〉을 배경음악으로 틀어 두었다. 아내가 그 곡을 가장 좋아한다는 사실을 알고 있었기 때문에. 하지만 이제 그녀는 곁에 없고, 그만이 홀로 남았다.

 모든 것이 정리되었다, 적어도 얼마 동안은. 그의 제자인 540과 그의 친구인 780은 전선을 떠나 무사히 고국으로 돌아올 것이고, 그의 또 다른 제자인 231은 투쟁과 평화 사이에 어떤 형태로 존재하는 삶의 단면을 다시금 발견하게 될 것이다. 212는 여전히 사제로서의 직분을 다하며 지상에서의 천국을 위해 살아갈 것이고, 361은 빈틈없는 관료로서 나라의 앞날을 책임져 나갈 것이다. 448은 그제서야 길고 무더운 여름이 끝나가고 있음을 느꼈다. 새로운 계절은 새로운 꿈을 만들어 내리라.

지은이 전기현

대구에서 태어나 KAIST 생명과학과를 졸업하고, 다시 서울대학교 약학대학에 입학하여 약학과를 졸업했다. 저서로 여행기 《내일도 만날래?》(좋은땅출판사)와 단편소설집 《붉은 나무들의 추억》(좋은땅출판사), 《카프리치오》(좋은땅출판사)가 있다.

체리 향기

ⓒ 전기현, 2023

초판 1쇄 발행 2023년 12월 18일

지은이   전기현
펴낸이   이기봉
편집   좋은땅 편집팀
표지   권윤경
펴낸곳   도서출판 좋은땅
주소   서울특별시 마포구 양화로12길 26 지월드빌딩 (서교동 395-7)
전화   02)374-8616~7
팩스   02)374-8614
이메일   gworldbook@naver.com
홈페이지   www.g-world.co.kr

ISBN   979-11-388-2562-7 (03810)